光文社文庫

長編時代小説

江戸橋慕情

研ぎ師人情始末(九)

決定版

稲葉　稔

光　文　社

※本書は、二〇〇八年十二月に光文社文庫より刊行した作品を、文字を大きくしたうえでさらに著者が加筆修正したものです。

目次

尾張殿
早稲田村
江戸川
音羽
護国寺
至板橋宿
江戸川橋
大塚
巣鴨
赤城明神
御納戸町
石切橋
日光御成街道
若宮八幡宮
神楽坂
切支丹坂
御薬園
中山道
小日向馬場
牛込御門
番町
傳通院
小石川
田安御門
神明宮
元飯田町
白山
小石川御門
清水御門
水戸徳川家
駒込
春日町
水道橋
千駄木
神田川
本郷
根津権現
道灌山
霊雲寺
池之端七軒町
福成寺
根津門前町
日暮里
神田明神
池之端仲町
根津宮永町
湯島
不忍池
昌平河岸
鍛冶町
昌平橋
湯島天神
弁天
明神下
上野元黒門町
仁王門前町
根岸
谷中
筋違御門
寛永寺
東叡山
内神田
和泉橋
外神田
下谷広小路
神田佐久間町
佐久間河岸
御徒町
下谷金杉町
豊島町
新シ橋
向柳原
下谷山崎町
通塩町
柳原土手
左衛門河岸
三味線堀
広徳寺
下谷竜泉寺町
平右衛門町
元鳥越町
幡随院
同朋町
横山町
両国広小路
猿屋町
甚内橋
茅町
浅草橋
米沢町
阿部川町
両国橋
柳橋
新吉原
御蔵前片町代地
新堀川
尾上町
駒留橋
大川
御米蔵
東本願寺
日本堤
回向院
首尾の松
元旅籠町
堀田原
浅草寺
日光道中
二ツ目之橋
亀沢町
御竹蔵
御厩河岸之渡し
諏訪町
浅草広小路
奥山
浅草
山谷町
小塚原
駒形町
雷門
浅草観音
三ツ目之橋
駒形堂
浅草
新鳥越橋
山谷堀
南割下水
花川戸町
揚場
吾妻橋
今戸橋
今戸町
緑町
本所
竹町
竹町之渡し
白鬚之渡し
中之郷
瓦町
源森橋
北割下水
中之郷
源森川
三囲稲荷
向島墨堤
三ツ目之橋
小梅村
長命寺
木母寺
辻橋
大横川
法恩寺橋
中之郷八軒町
寺島村
辻橋
業平橋
亀戸村
小梅村
四ツ目之橋
押上村
天神橋
十間川
柳島村
亀戸天神

天現寺
今井谷
元赤坂町
四谷御門
渋谷川
伝馬町
平河町
麻布新町
善福寺
六本木
赤坂
四ノ橋
氷川明神
赤坂御門
広尾町
渋谷
古川町
仙台坂
新網町
飯倉片町
市兵衛町
麹町
三ノ橋
二ノ橋
一ノ橋
溜池
千鳥ヶ淵
芝車町
中之橋
三田町
赤羽橋
半蔵御門
虎之御門
西之御丸
至品川宿
新シ橋
外桜田御門
増上寺
雉子橋御門
和田倉御門
一橋御門
江戸城
南町奉行所
幸橋
土橋
金杉橋
北町奉行所
芝
数寄屋橋御門
神田橋御門
汐留橋
呉服橋御門
常盤橋御門
道三堀
三十間堀
銀座町
竜閑橋
金杉川
濱御殿
数寄屋町
一石橋
本石町
木挽町
京橋
本材木町
駿河町
今川橋
西本願寺
白魚橋
日本橋
魚河岸
大伝馬町
小伝馬町
楓川
江戸橋
八丁堀
弾正橋
組屋敷
八丁堀
海賊橋
東掘留川
亀島橋
日本橋川
小網町
照降町
葦屋町
中之橋
霊岸橋
住吉町
菊之助の長屋
稲荷橋
亀島川
竈河岸
一ノ橋
新川
箱崎橋
難波町
久松町
鉄炮洲
高橋
行徳河岸
高砂橋
二ノ橋
船番所
箱崎町
浜町堀
佃島
霊岸島
霊岸島
銀町
箱崎川
永久橋
石川島
大川端
永代橋
熊井町
新大橋
万年橋
佐賀町
今川町
上之橋
江戸湊
黒江町
緑橋
万年町
海辺大工町
六間堀
弥勒寺
大島町
油堀
材木町
仙台堀
弥勒寺橋
永代寺
富岡町
海辺橋
高橋
北森下町
越中島
蓬莱橋
深川元町
富岡八幡宮
三十三間堂
亀久橋
霊巌寺
小名木川
雲光院
深川
洲崎
新高橋
西
南
北
東
扇橋
猿江橋
南辻橋
0
1km
御材木蔵
猿江町
清水橋

「江戸橋慕情　研ぎ師人情始末（九）」　おもな登場人物

荒金菊之助……日本橋高砂町の源助店に住む研ぎ師。父親は八王子千人同心だった。

志津……菊之助の妻。

横山秀蔵……南町奉行所臨時廻り同心。菊之助の従兄弟。

五郎七……横山秀蔵の配下。

甚太郎……横山秀蔵の配下。

次郎……菊之助と同じ長屋に住む箒売り。瀬戸物屋「備前屋」の次男。横山秀蔵の探索を手伝うようになる。

亥ノ吉……深川仲町の妓楼小島屋の主。

多津……深川仲町の妓楼小島屋の女将。

お町……亥ノ吉の妾。

みどり……菊之助の隣長屋に引っ越してきた手習いの女師匠。

お松……みどりの姉。

江戸橋慕情——〈研ぎ師人情始末〉㈨

第一章　花魁殺し

一

いまにもずり落ちそうな、どんよりした雲が江戸の町を覆っていた。

雨は降りそうで降らず、ただじめじめとした湿気が、人々を不快にさせている。

こんな天気を喜ぶのはなめくじだけだといって、荒金菊之助の仕事場に遊びに来た職人がいる。

大工の熊吉だった。女房のおつねは、ここ源助店にあっては一番の噂好きのおしゃべりだが、熊吉も女房に似たのか、はたまた昔からそうだったのか、あれこれとさっきからしゃべり通しだ。

両国の喧嘩話に、どこぞの倅が端午の節句に大川で水死した、などと止めどがない。

「それで菊さんよ、御上に孫ができたって知っているかい？」

熊吉は初鰹を食い損ねたとしきりにぼやいていたのに、また話を変えた。

「いや初耳だね」

菊之助は仕事の手を休めたまま、欠け茶碗で茶を飲んでいる。

「何でも四男坊らしいんだけど、このお子がいずれ将軍様になるんじゃねえかってもっぱらの噂なんだよ」

「ほう、そんな噂があるのか……。それにしても一体全体、どこからそんな話を聞いてくるんだ？」

菊之助が感心しながらいうと、熊吉は得意顔でつづける。

「そりゃ、ほうぼうに出かけるおれの仕事柄だろうな。大名の屋敷に普請に行くときもありゃ、大きな旗本屋敷に出かけることもある。こちとら聞かなくていいことだって、いやがおうでも耳に入ってきちまうってわけよ」

熊吉は自慢そうに節くれだった太い指で、鼻の下をこする。それから急に思いだした顔になって、身を乗り出してきた。

「そういえば菊さん、隣の長屋に越してきた女に会ったかい？」

「隣の長屋……？」

「この長屋じゃねえよ。勘右衛門店だよ」

同じ高砂町にある長屋で、菊之助の住む源助店より新しく、各戸の間取りも広かった。そのぶん家賃が高いのではあるが。

「勘右衛門店にどんな女が越してきたっていうんだ？」

「こんなこと言っちゃいけねえかもしれねえけど……」

熊吉はそこで濃い顎鬚をぞりぞり引っ掻いて、顔をしかめる。

「どうした？　そこまでいったのだ、話してしまえ」

「いえね、越してきた女ってぇのが、これが若くて小股の切れ上がった女なんだよ」

「いいではないか」

菊之助はぬるくなった茶をすする。

「それはいいんだけどね、お志津さんの商売敵になるようなことをはじめてんだ」

「商売敵……？」

「うん、手習いに裁縫に三味線をこなし、唄もやれば花も活けるっていうんだな」

「ほう……」

「ほうって、菊さん。のんびりしてちゃ、おまんまの食い上げだぜ」

「どういうことだ？」

「だから、その女が、近所の連中を集めて手習い指南をはじめるらしいんだよ。手習い指南だけじゃないよ。三味線と唄の師匠もやるってんだから、穏やかじゃないだろ」

熊吉は垂れた太眉を上下に動かして、のぞき込むような目を向けてくる。

菊之助は口許をゆるめて、熊吉の顔を眺めた。

「つまり、熊さんは、お志津のことを心配してくれているってわけか」

「そりゃ同じ長屋だし、お志津さんにはいろいろ世話になってるからね。新参者に稼ぎの口を取られるようなことがあっちゃならねえだろ」

「その気持ち、ありがたく頂戴して、お志津に伝えておこう」

「他の者もちょいとその辺のことを心配してんだよ。だけど、いい女なんだよなあ」

真面目顔でいった熊吉は、最後には鼻の下を伸ばすようににやけた。

八つ（午後二時）の鐘音が聞こえてきたのは、そのときだった。

「おっと、いけねえ。つい長居しちまった。菊さん、また遊びにくらぁ」

「ああ、何もないが、いつでもいいさ」

熊吉は菊之助の返事を聞く前に仕事場を出て行った。

「商売敵か……」

つぶやいた菊之助は、いったいどんな女なんだろうと思った。それから仕事道具の片づけにかかった。このところ急ぎの仕事がなく、わりとのんびりした日がつづいていた。

ざっと片づけを終えた菊之助は、表に出て長屋の屋根に切り取られた空をあおいだ。今にも泣きだしそうな鼠色の雲がたれ込めていた。

ふと、横を見ると戸口横に掛けてある看板が傾いている。その看板には、「御研ぎ物」と大書された脇に、「御槍　薙刀（なぎなた）　御腰の物御免蒙（こうむ）る」という添え書きがある。

研ぎ師をはじめて間もなくのころ、お志津が作ってくれたものだった。まだ、所帯をもつ前のことだ。

看板をなおした菊之助は、同じ源助店にある南側筋の自宅に足を向けた。だが、途中で気が変わった。さっき熊吉から聞いた女を見てみようと思ったのだ。なかなかの才女のようだし、小股の切れ上がった女となれば、一目見たいと思うのは男心だろう。

二

熊吉の言う小股の切れ上がった女の住む勘右衛門店は、源助店の北側に隣接する長屋だった。表店は市村座と中村座のある芝居町に通じる道で、中規模ながら高級な呉服屋、履物屋、紅白粉問屋などの他に海苔問屋、小間物屋、饅頭屋、京菓子屋などが軒をつらねている。

勘右衛門店は京菓子屋と煙草屋に挟まれた木戸口を入ったところだ。熊吉の言う女の家を木戸番に訊ねると、すぐにわかった。路地を入ってすぐ左にある長屋で、南向きの日当たりのよい場所だった。

腰高障子の脇には紫陽花の鉢植えと、露草の小鉢が並んでおり、いかにも女の家らしかった。戸は開け放たれているが、人の気配はない。通いの弟子もいないようだ。

のぞき見をするわけにもいかないので、菊之助はそのまま通り過ぎたが、そのとき、奥の井戸端で立ち上がった襷がけの若い女が歩いてきた。水盥を抱えており、そのなかには洗われた筆や硯が入っていた。

女は口許にやわらかな笑みを浮かべ、すんだ瞳をちらっと菊之助に向け、小さく顎を引いて軽く頭を下げた。そのとき、曇っていた空の隙間から一条の光が射し、女の姿を浮かび上がらせた。

色白で目鼻立ちがはっきりしている。まるで舞台に出てきた女太夫のように見えた。この女は周囲を明るくさせる雰囲気があった。美人は往々にして冷たさを感じさせるが、

菊之助も軽く挨拶を返しただけであったが、我知らず心を上気させていた。なるほど、熊吉の言うように、たしかに小股の切れ上がった女だ。

そっと振り返ると、女は家のなかに消え、腰高障子を閉めた。まるで、舞台の一幕がそれで終わったというような按配に見えた。

「熊吉さん、よほどお暇なんですね」

夕餉の膳を調えながらお志津がいう。

菊之助が熊吉のことを伝えたことへの返答だった。

箱膳には、冷や奴と茄子の煮物、白魚の卵とじ、手塩皿には酒の肴用にしらす干しが小さく盛りつけてあった。

「ここ二、三日、降るのか降らないのかわからない天気がつづいているから、仕事を休んでいるようなんだ」

「雨でもないのに……」

お志津は菊之助に酌をしながら、細面のなかにある目を丸くする。

「大工仕事にもいろいろあるのだろう」

菊之助は盃を舐め、手塩皿に箸を伸ばした。

「上様にお孫さんが誕生されたというのは目出度いことですわね。何人目なのかしら……？」

「熊吉は四人目だといっていた」

菊之助は手酌で酒を飲む。

二人が話しているのは、将軍家斉の嫡男家慶の四男で、のちの十三代将軍家定のことである。生まれたのは四月八日のことであるから、庶民の耳に入ったのは、それから一月余を経てのことだった。

「それにしてもほんと、すぐれない天気がつづきます」

お志津は椀をすったあとで、表に目を向けた。菊之助はその顔を何気なく見て、あの女とはずいぶん違うなと思った。もちろん年の差もあるが、若い女にはお志津も勝てそうにはない。お志津は決してすこぶる美人ではないが、その全体的な雰囲気と気品のよさが女っぷりを上げているといえる。

対するあの若い女手習い師匠は、まったくもって美しく、華やかさがある。かといって鼻につくのでもなく、庶民的なのだ。

「……菊さん。……菊さん、どうなさったの？」

お志津の声で菊之助は我に返った。盃を宙に浮かしたままぼんやりしていたのだ。

「いや、なんでもない。何か変わったことはなかったか？」

「ありましたわ」

お志津は即答して微笑んだ。

「何だ？」

「近くに越してきた方が、わたしの代わりに手習いを教えてくださることになったのです。若くてとても利発な方のようですし、これでわたしの肩の荷も下りた気がします」

「……ふむ」

菊之助は酒に口をつけ、ははあ、あの女のことだなと思った。

「みどりさんとおっしゃる方で、ご丁寧に昼間、挨拶に見えたんです。越してきてすぐわたしのことを耳にされたみたいで……」

「ひょっとして勘右衛門店に越してきた女では……？」

「あら、ご存じで？」

「それも、熊吉から聞いていたんだ」

「あの人、何でも知ってるんですね」

お志津は楽しそうに、ふふふ、と笑ってつづけた。

「みどりさんは、まだ二十一とお若いんですよ。越してくる前は、とげ抜き地蔵で有名な高岩寺（こうがんじ）の門前でお店をやってらしたそうです」

「それじゃ、下谷屛風坂（したやびょうぶざか）のほうからこっちへ……」

「そのようです」

とげ抜き地蔵は巣鴨で有名だが、この当時は下谷屛風坂の高岩寺にあり、後に巣鴨に移転したのである。

「何の店をやっていたんだろう……？」

「足袋屋だったそうです。ところが、ご亭主がぽっくりお亡くなりになり、それで、えいやっと店を売り払って越してきたそうで……。エイ、ヤッ、とあの方おっしゃるんですよ。可愛い方なのに、思い切りのいい人だといえば、もとは御武家の出だということでした」

「それじゃ、武家から商家に嫁いだというわけか……」

そういうことはめずらしいことではなかったし、その逆もあった。

「そのようですね。そろそろご飯になさいますか……」

「うむ」

菊之助は飯をよそう、お志津の横顔を眺めた。行灯の明かりに染められた顔に、何やら楽しそうな笑みが浮かんでいた。どうやらみどりと気が合うらしい。

三

「五郎七さん、雨が降ってきましたよ」

次郎は隣で舟を漕いでいる五郎七に声をかけたが、返事はない。どうやら寝ずの張り込みに疲れて、本当に眠っているようだ。

次郎はチッと舌打ちをして、眠い目をこすり、向かいの煙草屋に目を凝らした。

夜が明けたのは、暗い空が白々となったのでわかった。わずかだが鳥の声も聞こえるようになった。だが、町はまだ眠っており、往還にも人の姿はない。

次郎がいるのは横大工町の菜飯屋の店先だった。見張っているのは、道の向かいにある〈肥前屋〉という小さな煙草屋だ。表戸はしっかり閉まっており、雨戸に霧のような雨が張りついている。

次郎はもう一度、五郎七を見た。鉤鼻にがっしりした体軀。腰切半纏に尻端折りをしている。一見職人のなりだが、南町奉行所臨時廻り同心・横山秀蔵の手先だ。次郎はその五郎七の後輩にあたる。

「いい気なもんだ……」

そうつぶやいたとき、裏口から入ってくる影があった。見張り場に使わせてもらっている菜飯屋の主だろうと思ったが、そうではなかった。

すらりとした背の高い男だ。薄暗いなかでも、その色白顔のなかにある鋭い眼光を見て、次郎はゾクッと鳥肌を立てた。

「五郎七さん」

慌(あわ)てて五郎七の肩を揺すったが、

「かまうな。寝かせておけ」

と、相手は言って、さっと裾(すそ)をめくってしゃがみ込んだ。それから戸口の隙間に目をあて、きりりと吊り上がった流麗(りゅうれい)な眉を動かし、通った鼻筋をなぞるように指で撫(な)でた。

これが、次郎を使っている横山秀蔵だった。

「……まだ、動きはねえか？」

秀蔵が肥前屋に目を向けながら聞く。

「へえ、静かなもんです」

「おまえも少しは寝たか？」

秀蔵が次郎に、いたわりのある眼差しを向けてきた。

「少しだけ居眠りしました。ですが、そのときは五郎七さんがちゃんと見張っていましたから……」

「……そうか」

そうつぶやいて、秀蔵は隙間に目をあてた。

「一晩中寝ずに見張りをするのはつらいことだ。無理をさせてすまぬな」

こういう秀蔵のやさしさが、次郎は好きだった。その言葉に、じーんと胸を熱くして、言葉を返した。

「旦那の役に立つんでしたら何でもやります。こんなの苦でもありませんよ」

「おれの役に立つ立たぬはどうでもいいが、悪党だけは許しちゃならねえ。そうだな」

「さようで……旦那、ひとりですか？」

「いや、寛二郎（かんじろう）を肥前屋の裏にまわしている」

寛二郎というのは秀蔵が使っている小者（こもの）だった。

「それじゃ、捕り方は四人ですか？」

「心細いか？」

「いえ、とんでもありません」

次郎はぶるぶると忙しく首を振って答えた。

と、そのとき、秀蔵の目が厳しく細められた。

「次郎、五郎七を起こせ」

次郎は五郎七の肩を強く揺さぶって起こした。首を振って目を覚ました五郎七は、すぐそばに秀蔵がいるのを見て、ギョッとなった。

「旦那……」

「しッ」

五郎七を強く遮(さえぎ)った秀蔵は、隙間にあてている目をさらに厳しくして言葉を継いだ。

「やつが動きそうだ。顔をたしかめたらそのまま捕らえる。五郎七、肥前屋の裏にまわり、寛二郎といざという場合に備えろ」

「へえ、承知」

五郎七が裏口から出て行くと、次郎は秀蔵と肩を並べて肥前屋を見張った。表戸が開き、男が出てきた。

これは肥前屋の主である。表の通りを眺め、また店のなかに引っ込んだ。

次郎は背後に気配を感じて後ろを見た。菜飯屋の主と女房が、おどおどした様子で立っており、

「お茶を……」

と、女房が湯呑みの載った盆を差し出した。

次郎が受け取って秀蔵に渡そうとしたが、

「……出てきたぞ」

言われた次郎は慌てて節穴に目をつけた。

刀を落とし差しにした浪人を連れた着流しの男が、肥前屋の表に現れたのだ。目当ては浪人ではなく、着流しのやさ男のほうだ。

「旦那……」

次郎が緊張の声を漏らすが、秀蔵は答えない。

捕まえようとしているのは、吉原から逃げた花魁を、深川の岡場所に無理矢理押し込め、挙げ句悶着がおきて、その花魁を絞め殺した男だった。名を亥ノ吉といい、深川仲町の妓楼〈小島屋〉の主だった。

「やつだ」

秀蔵の声に息を呑んだ次郎は、腰の十手をしっかりつかんだ。

「次郎、ぬかるな。やつは用心棒をつけている」

「はい」

秀蔵が立ち上がって裏から出て行くのを、次郎は慌てて追った。

表に出ると、霧雨があたってきた。そのとき、明け六つ（午前六時）の鐘が、雨を降らす暗い空に吸い取られていった。

表通りに出ると、用心棒を従えている亥ノ吉の後ろ姿が見えた。竪大工町を過ぎ鍋町西横町のほうに向かっている。その先が鍛冶町だ。

秀蔵と次郎が追いはじめると、脇路地から寛二郎と五郎七が現れた。秀蔵が無言で顎をしゃくると、二人はまた路地に消えた。この辺は阿吽の呼吸である。先回りしろという指図を、すぐに解したのだ。

秀蔵の足は速い。のんびり歩いていた亥ノ吉との差をあっという間に詰めた。

その亥ノ吉と用心棒が秀蔵と次郎に気づいたのは、鍛冶町の通りに出る手前だった。ひと目で八丁堀同心とわかるなりをしている秀蔵を見た亥ノ吉が、ギョッと驚き顔になった。

「亥ノ吉だな」

秀蔵はつるりと顎を撫でて問うた。

そのとき、亥ノ吉たちの背後には、先回りをした寛二郎と五郎七が立っていた。亥ノ吉と用心棒が、それに気づいて頭を忙しく動かした。

「亥ノ吉、花魁・信濃殺しで召し捕る。神妙にいたせ」

秀蔵はそう言いながらすすっと、間合いを詰めた。

朝まだきの薄明かりのなかでも、亥ノ吉の顔が蒼白になるのがわかった。逃げようと狼狽えているが、前後を挟まれた恰好だ。

「野崎さん、斬ってくれ。斬るんだ！」

亥ノ吉の狼狽え声に野崎という用心棒は、一瞬逡巡したが、すぐに刀を引き抜いた。鈍い光を放つ刃に、霧雨が張りついた。次郎はごくっとつばを呑んで、十手を構える。

だが、秀蔵は首を振って、宥めるように野崎に言った。

「刀なんぞ、引っ込めておけ。朝っぱらから刃傷沙汰もなかろう。それとも怪我でもしてえか」

「何だと……」

野崎はくわっと、目を見開いたと思うや、いきなり秀蔵に撃ちかかった。

だが、秀蔵はすいと腰を低めただけで、撃ち込んでくる野崎を迎えるなり、大刀の柄頭を鳩尾にたたき込んだ。

「うげぇ……」

野崎は秀蔵に触れることもできず、そのまま体をくの字に折って濡れた地面に倒れた。あっという間のことに、亥ノ吉は体をすくませていた。

「これじゃ用心棒の役にも立ちゃしねえな」

にやっと秀蔵は笑うが、亥ノ吉は蛇ににらまれた蛙と同じだった。逃げようにも、足が動かないのだろう。ただ、ぶるぶる震えているだけだった。

「次郎、今度の手柄はおめえさんだ。縄を打て」

「はい」

言われた次郎は、素早く亥ノ吉の両腕をつかみ取って、捕り縄をからめた。

四

雨はしつこい降り方をしているが、強くはない。それに夜がすっかり明けると、空気がじめつき汗ばむ陽気となった。商家の暖簾も湿りを帯びているのか、だらりとしている。

しかし、次郎は晴れ晴れとした顔をしていた。三つ紋付きの黒羽織をひるがえらせて、悠々と歩く秀蔵の後ろについているだけで、なんだか得意な気持ちになるが、今日は咎人の縄尻を取り、しかも手柄を立てているからなおさらだ。

町の人々の視線が自分に集まっているような気がして、次郎はさらに胸を張って歩いた。五郎七と寛二郎は野崎という用心棒に縄を打って、しんがりについている。

　亥ノ吉捕縛劇の発端は、四月三日に起きた吉原の火事だった。

火元は京町二丁目の遊女屋・林屋金兵衛方だった。それにより吉原五丁町が焼けるという惨事が起き、客も女郎も蜘蛛の子を散らすように逃げた。客はともかく、女郎連中のなかにはそのまま行方をくらます者が少なくなかった。亥ノ吉はそのことに目をつけ、吉原から逃げた女郎をまとめ、うまい商売をはじめたのだった。まず、吉原の各妓楼から女郎手配があり、女郎を連れ戻せばそれ相応の謝礼が出る。それ目当てに、亥ノ吉は女郎捜しをして吉原に連れ戻す。

　その一方で、自分の仕切っている店に、そのまま足抜女郎を囲って商売をさせるという、その世界の仁義に反することをして稼ぎはじめたのだ。これは亥ノ吉の店にかぎったことではなかったが、亥ノ吉は吉原の者から追われるようになった。きっかけとなったのが花魁・信濃だ。

　信濃は亥ノ吉にうまく丸め込まれたのだが、やはり深川の安女郎と吉原の花魁では天地の差があり、待遇もすこぶる悪い。業を煮やした信濃がへそを曲げ、吉原の店に通報したのだった。それを知った亥ノ吉は、信濃を絞め殺して逃げたが、江戸を離れずにうろついていることがわかった。

事件後、町奉行所は亥ノ吉探索の手配りをしていたが、その所在を探りあてたのが次郎だったのである。

秀蔵は自身番での調べを省いた。

「番屋で調べるまでもねえ。やつのことは大方わかっているんだ。このまま大番屋に押し込んでたっぷり話を聞くまでさ」

そういった秀蔵は、茅場町の大番屋に向かっているのだった。

亥ノ吉の縄尻を取り、秀蔵のうしろにしたがっている次郎は、暗い空を見上げた。雨粒が大きくなってきた。いよいよ本降りになりそうだ。

そう思う間もなく、強い雨が地面をたたき、飛沫を上げはじめた。大番屋までほどない、南茅場町の町屋に入ったころだった。

通りを歩いていた人々が、ぱっと傘をさしたり、近くの軒下に逃げ込んだ。しかし、秀蔵は雨など気にせず、そのまま堂々と歩きつづけ、大番屋の門をくぐった。

「次郎、ご苦労だった。お手柄だ。あとのことは、おれにまかせておけ。今日はゆっくりうまいものでも食ってよく寝るんだ」

次郎が大番屋の役人に亥ノ吉を引き渡すと、秀蔵がにやりと口の端に笑みを浮かべて褒美の小遣いをくれた。金一両。

「旦那、ありがとうございます」

「礼をいうのはこっちだ。さあ、帰って休め」

次郎は深く辞儀をして大番屋をあとにした。

褒美の金も嬉しかったが、それより手柄を立てたことが誇らしかった。降りしきる雨に打たれるのも気にならず、大手を振って歩いた。

――菊さんに話したら、何て言うかな……。

次郎は早く菊之助に、手柄話をしたいと思った。

しかし、親父橋を渡り葺屋町の町屋に入ると、猛烈な睡魔に襲われた。徹夜の見張りがいまになって応えてきたのだ。それに雨に濡れるのもいやになり、照降町で傘を買ってさした。

――菊さんへの話はあとまわしだ。帰ってさっさと寝ちまおう。

若い次郎も疲れには勝てない。

「おっと、危ねえじゃねえか」

それは自宅長屋近くの表道だった。

横の木戸口から出てきた傘と、ぶつかりそうになったのだ。

「すみません」

その声に次郎は、何だ、女だったかと思った。

「ちゃんと前……」

言葉が途切れたのは、その女を見たからだった。目と目が合うと、もう声はつづかなかった。女はすんだ瞳を向けてきて、申し訳なさそうに長い睫毛(まつげ)を伏せた。美人のうえ愛くるしさがあり、とても憎めない顔立ちだった。

「あ、おれがそそっかしいからだよ。大丈夫かい？」

「ええ、何ともありません。それよりお兄さんの着物を……」

女は足許にしゃがみ込んで、次郎の着物の裾を手拭いで拭(ふ)こうとした。

「そんなのかまわねえ。やめてくれ」

次郎は慌てて女を遮った。

「でも、汚してしまったんじゃ……」

「いいんだ、こんなの安い古着だから。気にしねえ、気にしねえ」

ははは と、短く笑ってやると、女もほっと安堵(あんど)の吐息をついた。

「ほんとに、失礼いたしました」

女は丁寧に辞儀をする。

「あ、いえ……こちらこそ……」

次郎も辞儀を返した。

それから頭を上げると、また女は目顔で挨拶をして去っていった。次郎は女の後ろ姿が見えなくなるまで見送っていた。

「……誰だ？……あんないい女、この辺にいたっけ……？」

さっきまでの眠気は、いつの間にやら吹き飛んでいた。

五

菊之助は仕事場に入ると、湯を沸かし、蒲の敷物に端然と座り、大きく深呼吸をしてから半挿や砥石を揃え、その日研がなければならない注文の包丁を脇に並べた。

屋根をたたく雨音と、庇からぼとぼと落ちる雨垂れの音がする。強い雨のせいで、普段聞こえる長屋の女房連中の声もしない。

手許の包丁を手にしたとき、

「菊さん」

という声があった。次郎だとすぐにわかる。

腰高障子に傘をたたむ影があり、「入れ」と声を返すと、次郎が入ってきた。

「なんだ、びしょ濡れじゃないか。傘のさし方を忘れたか」

「雨に降られたあとで買ったんですよ」

「ご苦労なことだ。ほれ」

菊之助は乾いた手拭いを投げてやった。

次郎は器用に受け取り、肩や腕を拭きながら、

「おいら、手柄を立てたんです」

と、自慢げな顔をした。

「ほう、手柄か。たいしたものだ。どんな手柄だ」

「へへっ、聞いてくれますか」

「もったいをつけるな。話したくてしかたない顔をしているじゃないか」

「そうですか……。じつは、人殺しを見つけたんです」

次郎はそう言ってから、亥ノ吉が吉原から逃げた花魁を殺すまでを、立て板に水を流すようにしゃべった。菊之助は耳を傾けながら、次郎に熱い茶を淹れてやった。

「それで、どうやってその亥ノ吉を見つけたんだ？」

あらかたの話を聞いてから、菊之助は口を挟んだ。

「やつの店の御用聞きです」

「御用聞き……」

「へえ、やつは信濃を殺したあと行方をくらましましたが、金はたいして持っていなかった。逃げるためには金を工面しなきゃなりません」

「ふむ」

「それで、やつの店を張っているうちに、亥ノ吉は誰かを使いに雇うはずと考えたんですが、店の女郎や女将はまず使わないだろうと思ったんです。そりゃ、町奉行所の目がまっ先にいくのが店の者ですからね。亥ノ吉だって馬鹿じゃない。それぐらい察しはついているはずです。そうなると他の者を使わなきゃならない。それじゃ誰だとあたりをつけたんです」

「なかなかいいところに気づいたな」

「まあ、聞いてください。それで、出入りの魚屋や八百屋、酒屋の御用聞きを辛抱強くあたっているうちに、搗き米屋の丁稚が妙な動きをしているのに気づいたんです。その丁稚は亥ノ吉の店に五日おきに米を納めに行くんですが、まっすぐ自分の店に帰らない。それで尾けていくと、横大工町の肥前屋というちっぽけな煙草屋に入ったんです。それで、ははあ、ここに亥ノ吉が隠れているなと目星をつけましてね」

「それが図星だったというわけだ」

「そうです。いや、違ったらどうしようかと、ヒヤヒヤしていたんですが、おいらの勘がまんまと的中して、亥ノ吉は用心棒を連れてその煙草屋に隠れていたんです。それで、今朝早く縄を打ったってわけです」

「たしかにお手柄だな。おまえもなかなか隅に置けなくなったってわけだ。秀蔵も喜んでいただろう」

「へえ、褒美まで頂戴しました」

「それは何よりだった。だが、図に乗るんじゃないぞ。今日はうまくいったが、つぎもうまくゆくとはかぎらぬ。おまえが相手にしているのは、悪党だってことを忘れるな」

「相変わらず固いことを……」

「馬鹿ッ。油断すれば命を落としかねないから言ってるんだ」

「わかってますよ」

次郎はふくれ面をして茶をすすった。この辺はまだ子供である。そうはいっても、もう二十一になるのではなかったか……。そんなことを頭の隅で考えて、菊之助は包丁に水を垂らして、砥石に添えた。

そのままいつものようにゆっくり、丁寧に研ぎはじめる。

雨音は相も変わらずだ。

菊之助は帰ろうとしない次郎を見た。

「どうした？　疲れているんじゃないのか。帰って休め」

「菊さん、何か食いたいもんないですか？」

「なんだ藪から棒に……」

「いえ、いつも世話になってるんで、たまにはおいらが奢りたいと思うんです」

ずいぶんしおらしいことを言う次郎に、菊之助は微笑んだ。

「何でもいいですから遠慮しないでください。たまには奮発しますから」

「その気持ちだけ受け取っておくよ。どうせ、おまえはすぐ手許不如意になるんだ。無駄遣いは慎んだほうがいい。それに、せっかくの褒美だ。大事に使え」

「ほんとに、たまにはいいじゃないですか……」

次郎は真顔を向けてくる。気づかなかったが、ずいぶん大人の顔になっている。

体つきも顔つきも、知り合ったころとは大違いだ。それに、強情そうな顔はしているが、なかなか見目のいい男である。

「そうか。それじゃ、おまえのせっかくの厚意だ。素直に受け取って甘えるか」

「そうしてください」

次郎の顔が、無邪気にはじけた。

その夜、菊之助は次郎をともなって、楓川に架かる新場橋そばの〈翁庵〉に行った。小体な蕎麦屋だが、思わずうなってしまうほど味のあるそばを提供するだけでなく、酒の肴に手ごろな小料理も気が利いている。菊之助お気に入りの店だった。

酌をしあったあとは、互いに手酌となり、蒲鉾をつつきながら、埒もない世間話に興じた。

「次郎、気づかないうちにおまえもいい年になったな」

「まだ二十一です」

「そろそろ所帯を持ってもいい年ごろだな」

「早いですよ」

「早くはないだろう。それにおまえも女房をもらえば、もっと落ち着くかもしれぬ」

「菊さんはそう言うけど、おいらには女を養っていく自信がありません」

「なに、いっしょになれば、その気になって働くさ。そういうもんだ」

「だけど、箒売りじゃしようがないでしょう。実家にも帰ることができないし」

次郎は、ふっとため息をつく。

実家は本所尾上町の瀬戸物屋だが、跡取りの長男とそりが合わずに、家を飛び出しているのだった。

また、秀蔵の手伝いをしているが、声がかからなければ、普段は箒を持って売り歩いている。真面目に働いても、その収入は知れていた。

「……五郎七さんとも、そんな話をよくするんです」

「五郎七はなんと？」

菊之助は盃から顔を上げた。

「てめえで食えなきゃ、女に食わしてもらう手もあるって……。そのうち、てめえが食えるようになって女に恩返しすりゃいいって……」

「ふむ……」

「そうは言っても、そんな女がいるわけないですからね」

「……そうだな」

菊之助は格子窓の外に目を向けた。

雨は降っているが小降りだ。窓のすぐそばに紫陽花の花が、燭台(しょくだい)の明かりに浮かんでいた。その青い葉に、雨蛙が一匹しがみついていた。

どこからともなく聞こえてくる三味線の音が、そぼ降る雨に吸い込まれていた。

菊之助はみどりはどうだろうかと思ったが、すぐに打ち消した。彼女は才媛(さいえん)のようだし、しっかり自立している女だ。

次郎がみどりの眼鏡に適(かな)うとは思えない。だが、みどりのことを話してみた。

「へえ、そんな女が隣の長屋に……」

「まだ二十一だという話だ。亭主に死なれて、思い切って越してきたらしい。なかなか聡(さと)い女のようだ」

「ひょっとすると、今日会った女かな……」

次郎は何かを思い出すように、宙の一点を凝視(ぎょうし)した。

「会ったのか？」

「いえ、勘右衛門店の木戸口でぶつかりそうになった女がいたんです。……いい女でしたよ。でも、あれがみどりって女なら……」

次郎は目を輝かせる。

「なんだ？」

「口説いてみようかな」

そう言って、次郎は照れ笑いをした。そのとき、店の戸ががらりと開き、

「やはりここだったか」

という声がした。

菊之助と次郎は同時にそっちを見た。

普段と違い尋常ならざる顔をしている秀蔵が、まっすぐな目を菊之助に向けてきた。

六

「どうした？　血相変えて……」

菊之助が言うのに、秀蔵は答えず、そばに来ると、勝手に手酌で酒を飲んだ。

それから口の端を手の甲でぬぐい、

「大変なことになった」

と苦渋の色を顔ににじませた。

「なんだ？」

「次郎から聞いているとは思うが、今日引っ捕らえた亥ノ吉の野郎が、大番屋の牢を破りやがった」

「なんですって！」

次郎が尻を浮かした。

それを「まあ」と、秀蔵は制してまわりを見た。客は雨のせいか少ない。

「調べを大方終えて口書きを取り、あとは牢送りの段取りをつけるだけだったんだが、大番屋の賄いをたらし込んで逃げやがった。賄いは箸で喉を突かれ殺されちまった。くそッ」

秀蔵は拳を自分の膝に打ちつけた。「賄い」とは、大番屋の牢に入れられた者の食事の世話などをする者のことだ。

「おれが捕まえたやつだから、おれの責任だ」

秀蔵は唇を噛んだ。

菊之助はそんな秀蔵の意中を読んだ。秀蔵に非はなかったとしても、自分が召し捕った者に牢を破られることは、心外このうえないことである。秀蔵は、普段はおおざっぱな男に見えるが、じつは神経細やかな人間だ。それだけに、牢破りをされたことは、秀蔵にとって屈辱以外の何ものでもないはずだ。

「どうやって逃げたんです？」

次郎が目を瞠（みは）って聞く。

「よくはわからねえ。賄いが飯を運んでいったときの出来事だ。誰も見ちゃいねえ」

そう言って、やるせなさそうに首を振る。

菊之助はそのときのことを勝手に想像した。

亥ノ吉は飯を運んできた賄いに、何か声をかけてそばに呼ぶ。賄いは牢格子の向こうにいる亥ノ吉に油断をして近づく。その刹那（せつな）、腕を取られ、亥ノ吉が手にした箸で喉を突かれた。

「だが、鍵がかかっていたのではないか？」

菊之助である。

「賄いは鍵も持っていたんだ」

重苦しい声を漏らす秀蔵は、もう一度酒をあおって言葉を足した。

「亥ノ吉の野郎は大番屋裏の日本橋川に飛び込んで、そのまま行方をくらました。大番屋の連中が追ったそうだが、もう日は暮れていたし、雨が降っていた。川面にも龕灯の明かりは届かない。そのまま行方知れずだ」

「どうするんです？」

次郎である。

「捕まえるしかねえ」

秀蔵はそう言ってから菊之助を見た。

「菊の字、手が足りねえ。他の同心は別の殺しで大忙しで、こっちに人がまわってこない。亥ノ吉捜しには人手がいる。力を貸してくれねえか」

「そんなことを聞かされて、いやとは言えぬだろう」

「やはり、おめえは頼りになる」

「早まるな。おれはその亥ノ吉のことは何も知らないんだ」

菊之助は秀蔵相手だと砕けた口調になる。それも気心の知れた従兄弟だからだ。

「いますぐにでも捜しに走りたいが、ま、いいだろう。ざっと話しておく。次郎から聞いているとは思うが、やつは深川仲町にある女郎屋・小島屋の主だ。表だって店を仕切っているのは、多津という女将だが、こいつは亥ノ吉の裏の顔は何も知らねえ」

「裏の顔って、なんだ？」

「やつは女衒だ。いや、女衒とはいえねえか。もっぱら男を扱う人買いだ。それも年端のいかない子供ばかりだ。買うこともあるようだが、多くはかっぱらうように攫ってくるのがほとんどだ。そんな子供が、陰間茶屋にごまんといる」

「そんなことやってたんですか……」

次郎があきれたように目を丸くした。

陰間茶屋とは、男色専門の店のことである。要するに亥ノ吉が攫ってきた男の子は、男色家の大人に好きなようになぶられるというわけだ。

「やってるのはそれだけじゃねえ」

秀蔵はもう一度酒を舐めてからつづけた。

「やつは使えねえ、あるいは商売にならなかった子供をひそかに殺しているらしい。これはたしかなことじゃないが、まんざら嘘でもないようだ。殺された花魁のこともあるが、おれは亥ノ吉の口を割らせて、それを暴きたかった」

「そんな野郎だったんですか……」

次郎が拳を握りしめて、憤った顔をした。

「それで秀蔵、どうすりゃいい？」

菊之助も亥ノ吉のことが許せなくなった。卒然と顔を上げると、挑むように目を光らせた。

「二、三、気になるところがある。ついてきてくれ」

「主、勘定はここに置いておく」

と菊之助がいうのに、

「あ、それはおいらが……」

と次郎が慌てたが、

「おまえに奢ってもらおうなんて、端から思ってなんかいないさ。さ、行くぞ」

遮った菊之助はさっさと土間に下り、店を出る秀蔵を追いかけた。

七

雨の夜は暗い。

町屋の明かりも、墨で塗り込めたような闇と雨に吸い取られている。

次郎の提げる提灯を頼りに、秀蔵は八丁堀を抜け、永代橋を渡って深川に入った。

「亥ノ吉が隠れていた肥前屋という煙草屋のほうはどうしているんだ？」

菊之助は秀蔵の横に並んで聞く。

「あっちは五郎七と寛二郎にまかせている。だが、何も出ちゃこないだろう。亥ノ吉だって馬鹿じゃねえ」

「……………」

「今日やつといっしょにいた用心棒は大した腕じゃなかったが、亥ノ吉は他にも用心棒を雇っているはずだ。なにせ、吉原の連中から追われる身だからな。それに町方が加わったってわけだ。それも、殺しのうえの牢破りだ。やつが必死になっているのは言うまでもねえ」

「それで、どこへ行くんだ？」

「ま、ついてこい」

秀蔵は深川熊井町をやり過ごし、その先にある巽橋を渡った。そのとき、脇の路地から提灯と共にひとつの影が現れた。旦那、と声をかけてくる。

「こっちです」

現れたのは、甚太郎だった。やはり秀蔵が使っている手先だ。

「いそうか？」

秀蔵が聞くのに、甚太郎は「わかりません」と、答えて、菊之助と次郎を見た。

「ともかく押し込む」

強引なことを言う秀蔵に、菊之助は慌てた。

「待て、おれと次郎は無腰だ」

言われて、はたと足を止めた秀蔵は、

「そうだったな。それじゃ、これを……」

そういって菊之助に脇差を、次郎に朱房のついた十手を渡した。

「斬り合いをするつもりはないが、念のためだ」

菊之助と次郎は、渡された得物をそれぞれの腰に差した。

甚太郎の導きで行ったのは、深川中島町のとある商家だった。だが、看板も何もない。家のなかに明かりも感じられない。

「菊の字、おまえは次郎と裏にまわれ」

「おい、ここに亥ノ吉がいるというのか？」

「わからねえ。さ、行け」

秀蔵は低声で強くいう。

要領を得ないが、菊之助と次郎は商家の裏にまわった。そこは井戸端に面しており、丈の低い板塀が、裏店の広場を仕切っていた。

「どういうことです……？」

次郎が暗がりに身をひそめ、声を押し殺していう。

「おれにもわからぬ」

菊之助がそう言ったとき、表のほうでバリーンという甲高い音が闇夜に広がった。菊之助と次郎は身構えた。

家のなかで慌てるような足音がして、やがて勝手口の戸が勢いよく開かれた。

「菊之助！　押さえるんだ！」

秀蔵にいわれるまでもなく、菊之助は飛び出してきた黒い人影に体当たりを食らわせた。

「うっ」

不意をつかれた黒い影は、壁に背中を打ちつけて、小さなうめきを漏らした。

間髪を容れず、菊之助と次郎は黒い影に迫って取り押さえた。

「放せッ。何しやがんだ！」

金切り声が響いた。

押さえたのは女だったのだ。秀蔵がやってきて、提灯で女の顔を照らした。髪を振り乱し、浴衣を乱している。胸許が大きく広がっており、小振りの乳房が夜目にも白くのぞいて見えた。女は肩を喘がせ、気丈な目でにらんでくる。

「いったい何しやがんだ」

「何しやがるじゃねえ。おめえが逃げるからだ」

「勝手に戸を破られりゃ、誰だって驚くだろう」

「口の減らねえ女だ。ともかく話がある」

秀蔵は女の襟首を乱暴につかんで、家のなかに引きずり戻した。近所の連中が騒ぎに驚き、のぞきに来ていたが、

「なんでもない。南町だ。あっち行ってろ」

と、次郎が野次馬を追い払った。この辺は手慣れたものだ。

女の名はお巻といった。亥ノ吉の囲われ者だと、秀蔵が教えてくれた。

「お巻、おまえを召し捕ろうというんじゃねえんだ。聞くことに素直に答えてくれりゃ、おれたちゃおとなしく帰る」

秀蔵は甚太郎に燭台に火をつけさせてからお巻の前にしゃがみ込んだ。

「な、何を聞きたいのさ」

お巻は胸をかき合わせ、ついでに乱れた髪を指先ですくった。燭台の明かりに浮かぶその顔には、小さな汗の粒が浮かんでいる。

「亥ノ吉が来なかったか？」

「い、いつです？」

「今夜だ」

「いいえ。今夜は来ていないというか、このところご無沙汰なんです」

「ほう、そうかい」

菊之助は訊問(じんもん)されるお巻の目の動きが気になった。目が落ち着きなく動き、隣の間を気にしているようなのだ。その部屋には夜具が延べられており、枕許に角行灯が点(とも)っていた。

「いつごろからご無沙汰だ？」

「もう十日も経つでしょうか……」

「やつが追われているのは知っているな」

お巻は一瞬、躊躇(ためら)ってからうなずいた。

「その亥ノ吉だが、今朝とっ捕まえた」

「ほ、ほんとですか……？」

お巻の目が大きく見開かれた。

「ああ。だがな、ちょいと不手際があって、あの野郎、大番屋の牢を破って逃げやがったんだ」

「ええ、牢を……」

お巻は何も知らないようだ。驚き顔は芝居とは思えない。だが、お巻はまた隣の部屋を気にした。秀蔵もそれに気づいたらしく、それとなく菊之助に目配せした。

この辺は阿吽の呼吸である。菊之助は音を立てずに立ち上がると、隣の間に入った。淫靡な匂いがその部屋には立ち込めていた。

秀蔵が亥ノ吉の逃げ場に心当たりがないかどうか聞いている。菊之助はあわい行灯の明かりに満たされた部屋に視線を這わせた。と、そのときだった。押入の襖が勢いよく開いたと思うや、男が白刃を閃かせて飛び出してきた。

菊之助はとっさに身を引き、脇差を抜いた。ところが男は菊之助には目もくれず、障子を突き破り、狭い廊下に出ると、そのまま雨戸を蹴破って表に逃げだした。

菊之助も男を追って、表に飛び出した。背後で、

「次郎、甚太郎。お巻を押さえてるんだ！」

という秀蔵の声が聞こえた。

雨の降っている表は深い闇である。菊之助は巽橋のほうへ逃げる男を追った。

男の白い足が、夜目に浮き立っていた。

半町（約五十五メートル）と行かず、男は逃げられないと思ったのか、立ち止まって振り返った。

「野郎ッ」

男が刀を脇構えにして立ち止まった。

第二章　離れ家

一

「亥ノ吉か……」

菊之助は静かに間合いを詰めて聞いた。男は答えない。右は油堀(あぶらぼり)につながる堀川だ。左は町屋だが、ぽつんと一軒の飲み屋の明かりがあるにすぎない。

「観念しろ」

菊之助はさらに詰めていった。だが、男は激しく肩を上下させたと思うや、ぬかるんだ地を蹴って撃ちかかってきた。雨に濡れている刃は、夜闇のなかでもほの白く見えた。

菊之助は半身をひねって男の撃ち込みをかわすと、足払いをかけた。虚をつかれた男は、体を宙に浮かせたと思うや、そのまま地面に突っ伏した。

菊之助は間髪を容れず、刀を持つ男の手を踏みつけて、喉元に脇差の刃をあてがった。

「ぐっ」

男が低いうめきを漏らしたとき、秀蔵がそばにやってきて、乱暴に男の髪をつかんで顎を上げさせた。そのままじっと男の顔に目を凝らす。

菊之助は亥ノ吉の顔を知らないので、本人かどうかわからない。

「てめえ、誰だ？」

秀蔵が重苦しい声を漏らした。

「……十三造と、申しやす」

男は観念したらしくそう答えた。

秀蔵は落胆したように吐息をついて、

「ともかくお巻の家に戻るんだ」

そのまま十三造を連れて引き返した。あらためて調べをしたが、十三造もお巻も亥ノ吉とここ十日ほど会っていないといった。亥ノ吉が逃げてきた気配もないようだ。

その証拠に、お巻は十三造を家に引きずり込んで、いい仲になっていたのである。二人とも秀蔵の乱入に、すわ亥ノ吉だと肝を冷やしたと話した。

十三造は以前、亥ノ吉が仕切っている小島屋で用心棒をやっていた男で、亥ノ吉に隠れてお巻と懇ろになっていたようだ。

「それで、亥ノ吉の逃げるようなところに心当たりはねえか？」

秀蔵は二人に最後の質問をした。

お巻と十三造は顔を見合わせて、わからないと首を振った。

「もう一軒あたりたい店がある。こっちも見込みが外れるかもしれねえが、あたるだけあたっておこう」

お巻の家をあとにしてから秀蔵が言った。

菊之助らは暗い夜道を、秀蔵に付き従って仙台堀に面した伊勢崎町に向かった。

雨のせいか、夜商いをしている店も早仕舞いが多く、小料理屋や飲み屋の明かりが少ない。通りにも人の姿はなく、野良犬さえ見なかった。

秀蔵が目をつけているのは、伊勢崎町にある〈多河〉という小さな小料理屋だった。なんでも亥ノ吉が懇意にしている店で、どういう経緯があったかわからないが、藤吉（とうきち）という主は亥ノ吉には頭が上がらないということだ。

「藤吉は亥ノ吉のためなら一肌も二肌も脱ぐという男らしい。そのぶん口が固いはずだ」

店のそばまで来て秀蔵がそういった。

「おれの面は割れているし、このなりだ。菊の字、おまえが店に入って探りを入れてくれ。おれは甚太郎と裏で張る。次郎、おまえは表で待っているんだ」

「へい」

菊之助は秀蔵と短い打ち合わせをして多河に入った。

「もう仕舞いなんですがね……」

頭に霜を置いた男が揉み手をしながら頭を下げた。これが主の藤吉のようだ。

「一杯だけだ。無理を聞いてくれ。この雨だし、体が冷えてねえ」

菊之助は相手の油断を解くために、やわらかい物言いをした。

「それじゃ一杯だけですよ」

「すまぬ」

藤吉が板場に下がると、菊之助は近くの縁台に腰をおろして、店の様子をざっと探った。三坪の土間に縁台が置かれ、衝立で仕切られている六畳の座敷があった。さらに、板場の奥に一部屋。その部屋から二階に通じる階段が見えた。

「親爺ひとりかい？」

燗酒を持ってきた藤吉に聞いた。

「女房は具合が悪いんで先に休ませております」

「風邪か……？」

「どうもそのようで……つまみはもうありませんが、これで勘弁してください」

藤吉は小皿に盛った貝の佃煮を差し出した。

「ところで、亥ノ吉って男を知っているな」

言ったとたん、藤吉の顔がこわばった。

「今夜ここに来なかったか？」

「お客さんは亥ノ吉さんの知り合いで……」

「ちょっとした知り合いだ。やつを捜してるんだが、近ごろとんと顔を見なくてね」

菊之助は肴をつまみ、酒を舐めながら藤吉を観察した。

店は静かだ。二階の物音も聞こえない。地面をしめらしつづける雨音が、わずかにするだけだ。

「このところ、うちにも見えておりませんで、どうなさってるんでしょう」

藤吉は座敷の縁に腰かけて、煙管(キセル)に火をつけた。表情から亥ノ吉を匿(かくま)っているかどうかはわからない。

「でも、なぜ亥ノ吉さんを……」

藤吉に問いかけられた菊之助は、どう返答するか、酒を舐めるように飲んで考え、

「やつが人殺しだからだよ」

さらっと言ってやると、藤吉は吸っていた煙管を口から離して、ギョッと目を剝(む)いた。

「あ、あの人が殺しを……」

「そうだ。花魁を殺して、今日は大番屋の牢を破った。そのときもひとり殺(あや)めている」

菊之助は顔色を失った藤吉を見つめた。

「もしや、お客さんは町方のお役人で……？」

菊之助はそれには答えず、

「亥ノ吉を匿っていれば、主、おぬしも同罪となる。そのことはよくわきまえておるだろうな」

ずばりと言って、射るような視線を向けると、藤吉は落ち着きなく目を動かした。手にしていた煙管を足許の土間に落としもする。この狼狽えぶりを見ただけで、亥ノ吉がこの店にいると菊之助は察した。

「どこだ?」

声を低めて聞いた。

藤吉はたるんだ顎の皮膚をふるわせて、ゆっくり二階のほうを見た。

「いるのか?」

「はい。ですが、上には女房が……」

藤吉は顔をこわばらせたまま声を震わせて、言葉を足した。

「ほんとにあの人が殺しを……」

「耳を貸せ」

声を押し殺して、菊之助は藤吉に耳打ちした。

「女房に怪我をさせてはならぬ。わたしはこのまま店を出るふりをする。おまえは店が終わったことを亥ノ吉に告げて、一階に呼んでくれ。できるか……?」

藤吉は息を吞んだままうなずいた。

「店のまわりには捕り方がいる。力を貸すんだ。わかったな」

「は、はい」

「落ち着くんだ」

「わ、わかっております」

怯（おび）え顔でうなずく藤吉に、菊之助はこれからのことを簡潔に打ち合わせた。

二

「毎度ありがとうございます。どうかお気をつけて」

菊之助が板場のなかに身を隠して合図を送ると、藤吉がどうにか二階に届くだろうというやや高めの声でそういった。藤吉はこれでいいかと目顔で聞く。菊之助はそれでいいとうなずき返し、つぎだと言う。

藤吉は戸口を閉める真似をすると、階段の下に行き、

「もう店は閉めましたからどうぞ、下りてきてくださいまし」

と、二階に声をかけた。

その声はふるえているように聞こえたが、菊之助は問題ないだろうと思った。

すると、二階からひそめられた声が返ってきた。

「藤吉、ちょいと待ちな」

声には冷たい響きがあった。

「あ、はい」

藤吉が返事をすると、やがて階段の上に足音がした。何か引きずるような音が混ざったので菊之助は首をかしげた。

その直後、ばたばたと階段を転がるような激しい音が響いた。

「あっ！」

藤吉が短い悲鳴を漏らした。階段を転がる音はすぐにやんだが、

「おふじ！　おふじ！」

と、今度は藤吉が絶叫した。

何事だと菊之助が小腰を上げようとしたとき、二階の雨戸が勢いよく開けられる音がして、直後、屋根瓦を踏み割る音が響いた。

菊之助は、はっとなった。亥ノ吉に逃げられたのだ。すぐさま表に飛び出すと、次郎が首をかしげて屋根の上を見ている。

「次郎、亥ノ吉だ！　逃がすな！」

「えっ！」

驚いた次郎は、先のほうに目を向け、すぐに駆け出した。菊之助も次郎を追った。

店からほどない北仙台河岸のほうで水に飛び込む音がしたのは、菊之助が半町（約五五メートル）も走らないときだった。そこは、仙台堀である。堀の先は大川だ。

「菊さん、川です！」

先を行っていた次郎が叫ぶが、そんなことはとうにわかっている。

河岸場に辿り着いた菊之助は、一心に仙台堀に目を凝らしたが、川は雨の降る闇に包まれていてよく見えない。そのうち、秀蔵たちが駆けつけてきたが、提灯の明かりではどうしようもなかった。

「どこだ。あきらめるな。目を皿にして捜せ」

秀蔵が憤懣やるかたない顔でいう。みんなは必死に捜してみたが、亥ノ吉を見つけることはできなかった。

「くそッ、逃げられたか」

さんざん捜しまくってから、秀蔵が固めた拳を自分の太股に打ちつけた。

「しかたねえ、店に戻る」

秀蔵の声でみんなは多河に引き返した。

「次郎、なぜ気づかなかった？」

菊之助は次郎に咎め口調で聞いた。

「二階の窓が開いたのは気づいたんですが、人は見えませんでした」

「なに……屋根瓦を踏む音もしたんだ」

「へえ、それも聞いたんですが、よく見えなかったんです」

菊之助は町屋の屋根を見た。漆黒（しっこく）の闇に包まれている。雨を降らす雲が市中を覆っているので、夜目（よめ）が利かないのだ。

「悪運の強いやつめ……」

菊之助はめずらしく吐き捨てた。

多河に戻ると、藤吉が女房の死体を抱きしめていた。

「どうして、こんなことに……どうして……」

菊之助と秀蔵は女房の死に顔を見て、体をあらためようとしたが、すぐに絞め殺されたのだとわかった。首筋にありありと指痕（あと）が残っていたのだ。女房は藤吉よりずっと若く見えた。おそらく三十半ばぐらいだろうか……。

「主、亥ノ吉は何と言ってこの店に来た？」

女房の死体を客座敷に寝かせてから、秀蔵が聞いた。

藤吉は涙を拭きながら泣き濡れた顔を上げた。

「今夜はわけあって家に戻れないので、一泊させてくれと、びしょ濡れになって裏の勝手口に見えられまして……」

それで二階に上げて、着替えをさせてやったらしい。それが、一刻（二時間）ほど前だという。それまで亥ノ吉がどこで何をしていたかはわからない。

「店に来たわけは話していないんだな。いや当然話しちゃいないだろうが、やつが殺しの下手人だってことはおまえさんは知らなかったのか？」

藤吉は首を振って菊之助を見て、

「こちらの旦那さんに聞くまではまったく知りませんで……」

と、洟をすすった。

亥ノ吉は店の古い客だったが、女房のおふじを世話されてからは、以前に増して懇意な仲になったと、藤吉は話した。だが、亥ノ吉は世話をしたおふじを殺したのだ。

「どうして、どうしておふじをこんなことに……」

うう っ、と嗚咽(おえつ)を漏らす藤吉の気持ちは痛いほどわかる。

そんな藤吉を目の当たりにしている菊之助は、胸を痛めていた。

悲嘆に暮れている藤吉に、いくつかのことを聞いた秀蔵は、疑うような男でないと見たらしく、間もなく店を出た。

「……おれのせいだ」

表に出てしばらくしてつぶやいたのは菊之助だった。立ち止まって、うなだれた。

「菊之助、そんなことはねえ。悪いのは亥ノ吉だ」

秀蔵が慰めたが、菊之助は傘もささず雨に打たれていた。

「いや、おれが藤吉に下手な芝居を打たせたせいだ。あんなことをしなければ、女房は殺されることはなかった」

「そんなことはねえよ。追われる身の亥ノ吉は心が高ぶっていたはずだ。気も張っていただろうから、とうにおれたちのことに気づいていたんだ。おそらく二階の窓の隙間から、外の様子を探りつづけていたのだろう」

それは考えられることだったが、それでも菊之助は自分のせいだと思った。

「あの女房を死なせたのは、おれの落ち度だ」

菊之助は無性に自分のことが腹立たしかった。また悔しくてならず、唇を強く引き締め、雨を降らす天空の闇を見上げた。

「菊之助……」

秀蔵が肩をたたいた。

「菊さん」

心配そうな顔で次郎が傘をさしかけてきた。

だが、菊之助は暗い空をにらむようにあおぎつづけた。

三

どうやら江戸は梅雨に入ったらしい。

鬱陶(うっとう)しい天気がつづき、にわかに晴れ間が見えたかと思うと、すぐに曇り空が広がり、また雨が降りだす。じっとしているだけでも体が汗ばみ、家のなかもじめじめしており、夜具も着物も湿りを含んでいた。

みどりは吊っていた蚊帳(かや)を丁寧に畳むと、居間にぽつねんと座って茶を淹れた。

天気はともかく、こうやってひとりで暮らすことがどれほど自分にとって安寧で、どれほど幸せなことかと思わずにはいられない。いままではたえず、誰かが自分のそばにいて世話を焼いてくれたり、半分見張りを兼ねた者が小言を言ったり、好きでも何でもない人の話に相槌を打ったりしなければならなかった。傍目にはお姫様みたいな暮らしだったかもしれないが、それはそれで気苦労が絶えなかったし、生きることが窮屈でならなかった。自由に羽ばたくことのできない、本当の籠の鳥だった。

それに比べ、いまのこの暮らしは何と楽なことだろうか……。

つくづくそう思うみどりは、自分の城となった部屋を眺めた。隣の間は寝間を兼ねた手習い指南部屋である。六畳一間だが、通ってきたいという子供の数はまだそう多くない。増えれば時間をずらして、授業をこなすつもりだ。その部屋には真新しい文机が隅に重ねられていた。

みどりは視線を手許に戻すと、湯呑みに映る自分の顔を眺めて、ふっと、頬に笑みを浮かべた。

「お頼みします」

戸口に声がした。

「はい」

「源助店のお志津ですけれど……」

そう聞いただけで、みどりは目に喜色を浮かべ、戸口に急いだ。腰高障子を開けると、お志津が畳んだ傘のしずくを落としていた。

「突然にごめんなさい」

お志津はそう言って微笑んだ。みどりはなぜかこの女性に会った瞬間から好感を抱いており、ふいの訪問をとても嬉しく思った。

「こんな雨のなかを……さあ、お入りくださいまし」

居間にいざなうと、お志津はもしや指南中だったら、あとにしようかと思っていたのだけれど、と遠慮がちに言った。

「いいえ、今日はこんな雨降りですし、それにまだ来たいという子供たちには待ってもらっているんです」

「そう、それはよかったわ」

お志津はほっと安堵したように言って、さりげなく家のなかに視線をめぐらした。

「何もかもこざっぱりしていて、みどりさんの人柄がこの家には溢れていますね」

「いいえ、家財道具が少ないだけですわ。さ、お茶を……」

お志津は差し出された湯呑みを、さも大事そうにしなやかに指で包み込んで、口に運んだ。その所作は品があり優雅でさえあった。かといって気取っているのではなく、しっかり身についたさりげなさが、見ていて気持ちよかった。

「あの、お志津さんの旦那さんは何をおやりになってらっしゃるのかしら？　まだお目にかかっていないので、どんな方なのかと思っていたのです」

こんなよい女房と連れ添っている相手のことが気になるのは自然のことだった。

「しがない研ぎ師ですわよ」

問いかけられたお志津は、と、やわらかな笑みを浮かべた。

「研ぎ師……」

少し意外な気がした。みどりはどこかの大きな店の手代か番頭だと予想していたのだが、まさか職人だとは思いもよらなかった。

「はい、包丁をあきもせず研いでおります」

「そうだったのですか。でも、きっと頼もしい方なんでしょうね」

「そうね、頼もしくもありますけれど……」

そこで言葉を切ったお志津は少し考える顔になって、言葉を足した。

「とても面白い人です」

「面白い？」

「はい。何かと人の世話が好きで、困ってしまうぐらい」

お志津は、うふっ、と照れたような笑いを漏らした。

「それじゃ、きっと親切心が強い方なんでしょう」

「そうね、とてもやさしい心根の人です。だけど、石頭なところもあります。それでもわたしが一番大切にしたい人です」

「……お志津さんは幸せなのですね」

臆面もなくお志津は言うが、ちっとも嫌みを感じない。

「そうかもしれません。女って男で変わるものでしょう」

「……そうですね」

にこにこ微笑むお志津に、みどりはわずかな嫉妬を覚えた。それは嫌悪から来るものではなく、羨ましいという意味合いを含んだ軽いねたみであった。

「そんな素敵な旦那様でしたら、早くご挨拶をしなければなりませんわ」

「そりゃ菊さんもきっと……ああ、ごめんなさい。日頃から菊さん、菊さんと呼んでいるものですから。でもほんと、一度お会いになってください。みどりさんみたいに若くてきれいな人だったら、きっとあの人も喜ぶと思いますわ」

「明日にでもご挨拶に行かなければなりませんわね。でも、面白いって、どんなふうに面白い方なんでしょう?」

みどりの問いかけに、お志津はもう一度湯呑みに口をつけてから応じた。

「曲がったことが大嫌いな人なんですよ。掛け軸が曲がっていたりすると、すぐになおしたりもしますし、あきれるぐらい。嘘や人の陰口も嫌いですね。その代わりに頼まれたことは断れないお人好しだし……一文の得にならなくても、それこそその人のためになると思うことなら損をしてでもやってしまうんですよ。そんなときは仕事も家のことも、わたしのことでさえほっぽり出してしまう始末……。あきれることもありますけれど、文句は言えませんからねえ」

「まっすぐな人なのですね」

「でも、困り者かもしれないわね。ちょっとわたしが風邪を引いて熱を出そうものなら、そりゃもう一晩中枕許に座って、手拭いを替えたり、重湯や粥を作ってくれたり。大丈夫だからと言っても、しっかり治さないとあとで困るのは自分だからと言って、まるでわたしを子供のように看病したりして大変なの。それでいて、無頓着(むとんちゃく)なところもあるのよ。草履(ぞうり)がちびているから替えましょうと言って新しいのを出してあげるんだけど、言った先から古いのを履(は)いているの。それで、それは古い草履でしょうと言うでしょ、すると、ああそうだったね、と言ったまま古い草履を履いて出かけてゆく始末なの。それに、ときどき笑わせてくれるの」

「どんなことです?」

聞いているうちに、みどりは志津が「菊さん」と呼ぶ夫のことに興味が湧いた。

「そうね、暦(こよみ)のことがあるわ。暦を一生懸命眺めていて、どうも今年は月日の流れが妙だと真面目顔で言うのよ。それでわたしが、その暦を見ると、それは去年のなのよ。今年のはこれですと教えて、初めて気づくんだけど、幾日かたつと、そのことをすっかり忘れて古い暦を眺めて、やっぱり今年はおかしいと首をひねっているの」

お志津は思い出し笑いをしたが、みどりも釣られて笑ってしまった。二人して笑いあうことで、みどりはますますお志津に親密さを覚えた。

「……古い暦をわたしがとっとと片づけておけばいいんですけどね。あ、それじゃ、わたしもおっちょこちょいなのね」

お志津はそう言ってまた笑ったが、今度は恥ずかしそうに頬を赤くした。ああ、この女性はとても可愛いところもあるのだと、みどりは気づかされた。

「お志津さん、是非、旦那様に会わせてください。今の話を聞いて、ますます会いたくなりました」

「いいわよ、いつでも会わせてあげますわよ。でも、横取りしちゃ駄目よ」

「まさか」

「嘘よ嘘、冗談です」

お志津は口に手をあてて明るく笑った。それから、はたと気づいた顔になり、

「ごめんなさい、くだらないことばかり話して……」

「いいえ、とても羨ましくて楽しいお話です」

「そう言ってもらえると気が楽になるわ。今日はちょっとお節介かもしれないけど、役に立てればと思って、これをお持ちしたの」

お志津は持参の風呂敷をほどいて、差し出した。それは手習いに使う素読本や「庭訓往来」などの教書の類であった。

みどりは思いがけないことに目を瞠って、それらを手に取ってみた。

「あら、こんなものまで……」

みどりが手にしたのは「六諭衍義大意」だった。他の教書はともかく「六諭衍義大意」は滅多に手に入れることができない。もっとも写しではあったが、大変貴重なものだった。これは、江戸期に広く普及した修身書で、〝父母に孝順せよ、長上を尊敬せよ〟などを教えていた。

「もし、よかったら使ってください」

「ほんとによろしいのですか？」

みどりが感激して聞くと、お志津はにっこり微笑んだ。

「お役に立てるなら本望です。ご存知のようにわたしも以前は手習い指南をやっていましたが、菊さんといっしょになってからは小唄だけにしているので、もう不要なんです。それに、みどりさんが手習い指南をはじめられて、わたしも嬉しく思っているのですよ」

「ほんとに……」

「ええ、だってこの近所には読み書きだけでなく、算術だって習いたいという勉強熱心な人が意外に多いのですよ。わたしは勝手に身を引いて、ちょっと心苦しく思っていたんです。でも、みどりさんのようなとても素敵な方がやってくださるようになって、ほんとに心から嬉しいのです。どうぞ遠慮いりませんから、納めてください」

「それじゃ、ありがたく頂戴いたします」

みどりは丁寧に頭を下げて言葉を足した。

「お志津さん、これからもどうかよろしくご指導ご鞭撻（べんたつ）のほどお願いいたします」

「いいえ、こちらこそ仲良くさせていただきたいので、よろしくお願いいたしますよ」

気さくに応じるお志津に、またみどりは胸を打たれた。ああ、ここに居を構えて、本当によかったと、心の底から思うのだった。

四

東堀留川（ひがしほりどめがわ）に架かる親父橋の上で、菊之助と秀蔵は肩を並べて、雨を受ける川面を眺めていた。西に渡って行けば傘屋や下駄屋が軒を並べる照降町で、東に渡れば堀江六軒町（ほりえろっけんちょう）だ。

　菊之助も秀蔵も、同じように思い詰めた顔で黙り込んでいた。今日の菊之助は愛刀「藤源次助眞(ふじげんじすけざね)」を腰に差している。

「それでどうするんだ？」

　先に口を開いたのは菊之助だった。

「捜すしかない」

「何の手掛かりもなしにか……」

　菊之助が咎(とが)めるような口調で言うと、秀蔵はさしている傘を上げ、遠くを見る目になった。それでも口を開かない。その端整(たんせい)な顔は苦渋に満ちている。

「江戸を離れていれば、捜しようがないだろう。女を三人も殺しているのだ。それに牢を破っている。よほどの馬鹿じゃなきゃ、江戸に居残ることはないだろう」

「……わからぬ」

「わからぬ？」

　菊之助は秀蔵を見た。秀蔵も見返してきた。

「逃げるには金がいる。その金を工面するはずだ」

「そのために小島屋に見張りをつけているのではないか」

深川仲町の女郎屋・小島屋には、甚太郎と五郎七、そして次郎が交替で見張りをつづけていた。昨夜、亥ノ吉に逃げられてからのことだ。亥ノ吉の自宅にも他の小者が見張りについているが、こちらはおそらく成果はないだろう。

亥ノ吉は四十三歳という年であるが、男やもめで妻も子もいなかった。家には浜助（はますけ）という下男がいるが、家以外の亥ノ吉のことは何も知らなかった。取り仕切っている女郎屋のことも、交友関係も一切である。これは秀蔵がすでに訊問をしていたのだが、浜助の証言に嘘はなかったという。つまり、亥ノ吉は自分の素顔を浜助にはつゆほども見せていなかったというわけである。

「……やつはどこかに金を隠しているはずだ」

「家探し（やさが）はしたが、どこにもなかったのだな。だが、家になければどこにある？」

「女かもしれねえ」

「その女のあては……？」

秀蔵は首を振った。

「やつは吉原の連中から追われていることを知って以来、家を空けている。そのときに、どこかに金を持ち出しているはずだ」

「だから、その見当がつかなきゃ、どうしようもないではないか」

「菊之助、うるさく言うな。おれだって真剣に考えているんだ」

苦言を呈されて菊之助は黙り込んだ。いつになく自分が苛立っていることはわかっていたが、抑えることができなかった。ふっと、ため息をついて町屋に目を向けた。仕舞い忘れてある鯉のぼりが雨に濡れてしおたれていた。端午(たんご)の節句はとうに過ぎているのに、のんびりした者がいるものだと、てんで違うことを考えた。

「やつは隠している金を手にしたら、そのままどこへともなく行方をくらます」

秀蔵のその言葉に、菊之助はまたもや苛立ちを覚えた。

「当たり前ではないか。もうそうしているかもしれないんだ。そうなったらお手上げだ」

「いや、おれはあきらめぬ」

「……何か考えでもあるというのか？」

「おかしなことがあるんだ」

「………」

「やつを捕まえたとき、懐にあったのはわずか三両と少しだった。町方や吉原の連中から追われているのを知っている者にしては、持ち金が少なすぎる」

たしかにそうかもしれない。

「やつが逃げるとしたら、信濃という花魁を殺したその足で逃げたはずだ。ところが、やつは市中をうろついていた」

菊之助は、はっとなって、ようやく秀蔵が言わんとしていることを理解した。

「まさか、やつが金を盗まれたと……」

「ひょっとすると、そうかもしれねえ。……だとしたら、やつはまだ江戸にいるはずだ」

そういった秀蔵は、空の一角を強くにらんだ。

「秀蔵、もしそうだとしたら、これは急がねばならぬぞ」

「わかっている」

「どうする？」

「亥ノ吉といっしょに引っ捕らえた野崎誠之助(せいのすけ)という用心棒だ。やつが何か知っているかもしれぬ」

「その野崎は？」

「解き放ちにした。だが、居所の見当はつく」

キラッと秀蔵の目が光った。

「秀蔵、おれもいっしょに行こう」

「うむ。寛二郎、ついてこい」

秀蔵はそばに控えていた寛二郎に声をかけて、歩き出した。

三人は照降町を素通りして、荒布橋、江戸橋と渡り、通町に出た。江戸一番の商業街を貫く大通りは、往来の人々の傘で埋まっていた。

しつこい雨のせいで、普段のにぎわいは感じられない。遠く京橋のほうは雨に烟っているほどだ。

跳ねを嫌う秀蔵は、小袖の裾を端折っている。菊之助も同じだ。道にはあちこちに水溜まりが出来ており、大八車の轍にも水がたまっていた。

京橋を抜けた秀蔵は、無言のまま先を急ぐようにまっすぐ進む。道は東海道である。菊之助は秀蔵の行き先が気になっていたが、あえて聞こうとはしなかった。いずれわかることである。

芝口橋を渡り、芝口三丁目の先を右に折れて日陰町に入った。行ったのは日比谷稲荷裏の長屋だ。

「やつの仮のねぐらだ」

秀蔵がようやく口を開いて、どぶ板が外れ悪臭を放つ路地を進んだ。雨のせいで、路地は薄暗い。

「ごめんよ」

秀蔵はいきなり四軒目の家の戸を開いた。とたん、居間であぐらをかいて酒を飲んでいた男がギョッと驚いた顔を向けてきた。

「な、なんでえ？」

「ちょいと野崎に用があるんだ。やつはどこだ？」

「誠之助だったら湯屋ですよ。やつが何かしでかしましたか？」

「そういうわけじゃない。大事な話を聞きたいだけだ。ところで、おまえは亥ノ吉のことを知らないか？」

「亥ノ吉だったら、しょっ引かれたんじゃないんですか」

どうやら牢破りをしたことは知らないらしい。

「……その前のことだ。野崎は亥ノ吉の用心棒をやっていたが、おまえも亥ノ吉とは顔見知りなのではないか？」

「旦那、おれはやつのことは何も知りませんで……ほんとです」

男は欠け茶碗を置いて、秀蔵に真顔を向ける。

「嘘じゃねえだろうな」

「嘘なんか言いませんよ」

「おまえの名は？」

「金沢作之助と申します。嘘じゃありませんよ。あっしは亥ノ吉のことは、誠之助から話を聞いてるだけです」

金沢は必死の顔だ。その目に嘘は感じられない。秀蔵はしばし、家のなかに視線をめぐらした。四畳半一間のどこにでもある長屋の部屋だ。畳まれた夜具に行灯。壁の一部ははげ落ち、畳もすり切れている。金沢の前には酒徳利と欠け茶碗と煙草盆。

「……それで、野崎からどんな話を聞いた？」

「深川の女郎屋の亭主から用心棒を頼まれたというだけです。しみったれた男で、用心棒代を値切られたと、誠之助はぼやいていました」

「他に何か聞いてないか？」

「何でも向島に料理茶屋を作るとか、嘘かほんとかわからない法螺を吹いていたと……」

「向島に料理茶屋……」

「へえ、上々の女を置いて金持ち相手の商売をすると言っていたそうで、あっしが聞いてるのはそのぐらいです」

「……そうか。で、野崎はどこの湯屋に行っている？」

「長屋を出て、右に行ったところです。表に出りゃすぐにわかりますよ」

「邪魔をしたな」

秀蔵はくるっと振り返ると、菊之助に「湯屋だ」と、顎をしゃくった。

五

金沢に言われたとおり、長屋を出て右に折れた先に湯屋があった。

表に寛二郎を待たせ、菊之助と秀蔵が湯屋の暖簾をくぐった。昼前なので空いていると思ったが、雨で仕事のできない職人連中でにぎわっていた。

「野崎誠之助という浪人者が来ていると思うが、どうだ？」

秀蔵の問いかけに、番台の女は緊張の面持ちで答えた。

「さっき二階に上がって行かれました」

「ちょいと邪魔するぜ」

「旦那、騒ぎはごめんですよ」

雪駄を脱いで上がりかけた秀蔵に番台の女が一言口を添えた。

「心配には及ばぬ」

脱衣所の先に二階に上がる梯子がある。湯銭は十文が相場だが、将棋や碁を打ってくつろげる二階を使うのにも金がいる。こちらも十文から十二文だ。だが、そこは八丁堀同心の調べだから、番台の女も金を取るわけにはいかない。

二階に上がると、六、七人の客がいた。碁を打ったり将棋を指している者もいれば、茶を飲んでいる者もいる。

「野崎」

秀蔵が声をかけると、客の視線が一斉に秀蔵と菊之助に飛んできた。さらに、それが八丁堀同心だとわかると、にわかに二階座敷に緊張が漂った。

野崎誠之助は褌一丁の姿で、浴衣を肩に引っかけ、団扇をあおいでいた。

「ただの聞き込みだ。みんな、そう固くなることはねえ。気にしないでくつろいでくれ」

秀蔵はそう言ってから、野崎の前にどっかり腰を据えた。野崎はあおいでいた団扇を止め、地蔵のように固まっていた。

「もう調べはすんだんじゃありませんか……」

野崎は湯上がりの上気した顔で、秀蔵と菊之助を交互に見た。四角い下駄面だ。

「聞きたいことがあったから来たまでだ。真っ昼から湯屋とは洒落たもんだな」

「仕事がありゃ湯になんか浸かりませんよ。それでどうなさったんで……？」

「亥ノ吉のことだ。やつに雇われて八日ほどだとおまえは言ったな」

「へえ」

「その間、やっとずっとつるんでいたんだな」

「ずっとってことはありませんが、まあ大体いっしょでした」

秀蔵は煙草入れを出し、煙管に火をつけてから声を低めてつづけた。まわりの客は興味津々の顔で耳をそばだてている。

「やつは毎日何をしてやがった？」

「そりゃ、本人に聞いたほうが早いんじゃありませんか」

野崎も亥ノ吉が牢破りをしたことは知らなかった。野崎が解き放たれたあとで、牢破りは行われたのだ。

「おれはおまえに聞いてるんだ」

秀蔵は煙管を吹かして、野崎を食い入るように見る。

「昼間は大体、肥前屋という煙草屋でごろごろしているか、森田屋という旅籠の離れで暇つぶしをしていました」

「森田屋……それはどこだ？」

「横山町二丁目の旅籠です」

「なぜそんなところに……？」

「さあ、それはわかりません」

「そこで人に会ったりはしなかったか？」

「いえ、人には会ってません。会うのは決まって日が暮れてからです」

「会った相手のことを教えろ」

「亥ノ吉がやっている小島屋の女将には、二度ばかり会いました。連絡は毎日のようにつけていたんですが……」

そのことはすでに調べずみで、女将の多津も亥ノ吉に二度会ったと証言している。話は店の始末だったらしい。

「それから……」

秀蔵は煙管の灰を落とした。野崎はしばらく視線を泳がして、考える目つきになった。菊之助は野崎をじっと見ているだけで、訊問は秀蔵にまかせていた。

「……半次郎って船宿の船頭に会ったことがありますね。それから質屋の親爺に会いに行ったことがあります」

「半次郎って船頭のいる店は？」

「松井橋脇の〈壱船〉です。質屋は南本所横網町にある〈田村屋〉といいます」

「田村屋の親爺と何を話した？」

「それはわかりません。おれは表で待っていただけで、亥ノ吉が店に入ってどんな話をしたかは……」

野崎はわからないというように首を振った。

「他に会った者は？」

「おれが知っているのはそれぐらいです」

「誰もいないか？」

「へえ」

秀蔵は、ふうむと嘆息をして、天井の片隅をにらんだ。

「もう一度聞くが、おまえは一日中、亥ノ吉につきっきりだったのか？」

聞いたのは菊之助だった。野崎は団扇をあおぎながら目を向けてきた。

「つきっきりじゃありません。大体夜四つ（午後十時）過ぎには亥ノ吉と別れましたから」

「朝は？」

「……朝五つ（午前八時）ごろ、亥ノ吉のいうとこへ出向くという按配です」

「それは前の晩に言われたんだな」

「そうです」

「亥ノ吉は、夜は何をしていた？」

「別れたあとのことはわかりませんよ」

それはそうであろう。それからもいくつかのことを聞いたが、野崎が知っていることは少なかった。

野崎への聞き込みを切り上げて表へ出た秀蔵は、菊之助に指図をした。

「菊之助、おれは野崎が言った旅籠と質屋、それから船宿をあたってみる。悪いがおまえは、小島屋を見張っている次郎たちの様子を見てきてくれねえか」

「いいだろう。だが、どこで落ち合う？」

「……回向院前に吉田屋という茶屋がある。そこに八つ半（午後三時）でどうだ？」

「わかった」

六

秀蔵と別れた菊之助は、次郎たちの見張り場に行く前に、深川伊勢崎町の多河に立ち寄ることにした。

雨はいっこうにやむ気配がなく、市中を流れるどの川も水嵩を増していた。空は鼠色の雲に蓋をされており、雨は糸のような斜線を引いている。

菊之助の気持ちはふさいでいた。多河に入ったとき、もう少し慎重にやるべきだったと、いまさらながら悔やまれるのだ。亥ノ吉がいるとわかったとき、他の手立てもあったはずだ。もし、あのとき、藤吉に下手な芝居を打たせず、自分が表に出て亥ノ吉がひとりで出てくるのを待っていれば、藤吉の女房おふじを死なせることはなかった。

秀蔵も亥ノ吉がいるとわかったなら、そのまま店を出てこいと指図していたのだ。それを自分は無視して、自分の勝手な裁量で余計なことをした。

藤吉には心から申し訳ないと思うが、最愛の妻を亡くした者の心の痛みや悲しみは、謝っても償うことはできない。無論、亥ノ吉が一番悪いというのはわかっているのだが、亥ノ吉に殺意を抱かせるきっかけを作ったのは自分である。

多河は表戸をしっかり閉めていた。もちろん看板も暖簾も出ていない。訪いの声をかけて、店のなかに入ると、親戚の者が応対に出てきた。

「荒金と申します。藤吉殿に……」

そういうと、親戚の者は奥の居間にいると案内してくれた。

居間には布団に寝かせたおふじの亡骸を囲むように、六、七人の弔問客が座っていた。菊之助は藤吉のそばに行くと、深々と頭を下げ、あらためて悔やみを述べ、

「本当に申し訳ないことをしてしまった。こうなったのはわたしの落ち度だ」

そう言うと、藤吉は首を横に振って涙目で見てきた。

「ご自分を責めないでくださいまし。悪いのは亥ノ吉です。あの男がまさかこんなひどいことをするとは思いもしなかったのですから……」

藤吉は洟をすすって、おふじの頬を手のひらで撫でた。

死化粧を施されたおふじは、気持ちよく眠っているように見えた。弔問の誰もが押し黙って、目を真っ赤にしている。静かな店のなかは、庇から落ちる雨滴の音に包まれていた。枕許に焚かれた線香の煙が目の前をたゆたっている。

「何もしてやれることはないが、必ずや亥ノ吉は召し捕ってみせる。いまわたしにできるのはそれだけだ」

「お願いでございます。必ずや亥ノ吉という悪党を捕まえてくださいまし。そうでなければ、姉さんは浮かばれません」

そう言って頭を下げたのは、おふじの妹だった。他の者も、お願いしますと、懇願するように口を揃えた。

菊之助は黙したままうなずき、

「必ずや……」

と、短く応じた。

それからしばらくおふじを偲ぶように、みんなは声をひそめて昔語りをした。もうすぐ坊主がやってきて経を上げるとのことだった。身内だけの通夜をその夜行い、葬儀は明日に、これも身内だけで済ませると、藤吉が言った。

菊之助は用意の香典を藤吉に渡した。強く拒まれたが、無理にも押しつけて多河を出た。

自分の落ち度を責めず、逆に思いやることを言ってくれた藤吉に、菊之助はまたも心を苦しくしていた。親指と人差し指で、襟をすっと正すと、傘をさして雨のなかに足を進めた。

次郎たちが見張り場にしていたのは、乾物屋の二階だった。そこから、小島屋の表口は丸見えである。そこには次郎と五郎七がおり、小島屋の裏口は甚太郎が見張っているということだった。

「裏の見張りは交替でやってますが、亥ノ吉らしき男の来る気配はありません」

そう言うのは次郎だった。

「やつの使いらしき者は？」

「何人かあやしそうな者が来たので、尾けてみましたが、あて外れでした」

菊之助は格子窓に顔をつけて、小島屋に目を注いだ。女郎屋は昼間も営業しているが、表戸はきっちり閉められて、近くの店と同じようにひっそりと静まっている。雨を嫌って外出をする者が少ないのだ。

「それで、横山の旦那はどうされてるんです？」

次郎の問いに、菊之助はゆっくり振り返った。盆の上に湯呑み茶碗と急須がある。菊之助は急須に茶が入ってるのをたしかめて、湯呑みについだ。それを一口飲んでから、野崎誠之助に会ってからのことをざっと話してやった。

「それじゃ、横山の旦那は本所のほうに……」

「あとで落ち合うことになっている。……ここの見張りも大事だが、おそらく亥ノ吉はやってこないだろう」

「あっしもそう思うんです」

菊之助に五郎七が同意するように言って、言葉を足した。

「もし、あっしが亥ノ吉だったら、自分の店には絶対近づきゃしません。捕り方が見張っていることは察しがつきますからね」

「うむ、それはそうだ。だが、やつは金がないようだ。大番屋にしょっ引いたとき、やつの財布には三両少々の金しか入っていなかったという。その金もやつは取り上げられているので、いまは一文無しのはずだ。金なしで江戸を逃げるとは考えられない」

「それじゃ、小島屋で金を都合すると……」

「それはわからぬ。別に金を隠している場所があるのかもしれぬ。だから、秀蔵はそれを探りに行っているのだ」

「そうでしたか……」

五郎七は鉤鼻をこすって、深くうなずいた。そのとき、階段に物々しい足音がして、小島屋の裏を張っていた甚太郎が血相変えて飛び込んできた。

菊之助に気づいて、これは旦那、と声をかけた。

「どうした？」

「はい、それが肥前屋の小僧がやって来て小島屋に入ったんでございます」

「なんだと！」

菊之助は目を瞠った。

肥前屋は亥ノ吉が秀蔵にしょっ引かれるときに隠れていた煙草屋だ。

「たしかに、肥前屋の小僧なのか？」

「間違いありません」

「その小僧は小島屋にまだいるのだな」

「たったいま入ったばかりです」

「よし、その小僧を尾ける。次郎、いっしょに来るんだ」

「旦那、あっしらは？」

甚太郎が聞くのへ、

「もしやということもある。おまえと五郎七は見張りをつづけるんだ。裏口の見張りをどうするか、二人で決めろ。次郎、行くぞ」

色めき立った菊之助は、次郎をともなって、小島屋の裏口に急いだ。

七

蚊遣りの火で煙管に火をつけた亥ノ吉は、格子窓の外を眺めて紫煙を吐いた。しつこく降りつづく雨にも胸糞の悪さを覚えるが、それより盗まれた金のことが頭から離れない。

「あの女狐め……」

奥歯をギリッと噛んで、煙管を強く吸いつけた。

金を持ち逃げしたのは、ひそかに囲っていたお町という女だった。

とくに見映えがいい女ではなかったが、床上手で何でも「はい、はい」と聞いてくれる世話好きで、気立てのいい女だった。この女だったら裏切らないと思い、ここ一年ほど面倒を見ていたのだが……。

「くそッ、あの女」

亥ノ吉はもう一度、吐き捨てて、煙管の雁首を灰吹きに打ちつけた。

吉原の連中に追われるとわかったとき、自宅の金をお町の家にひそかに移していた。もちろん、お町にもそれは教えていなかった。ところが、信濃を絞め殺したあと金を持って逃げようとした矢先、お町に金を持ち逃げされたことに気づいた。

三百五十両の大金だ。

亥ノ吉は苦々しい顔で、雨に打たれる庭の青葉をにらんだ。そこは北本所表町にある林蔵という老夫婦の住まう家の離れだった。林蔵は浅草で商っていた薬種問屋を売り払い、いまは静かな余生を送っているが、もとは盗賊の一味だった。

亥ノ吉は以前、林蔵の使い走りをしているときがあった。もう二十年ほど前のことだ。普通ならそのまま盗賊の仲間に入るところだったが、

「亥ノ吉、おまえは盗人なんかになっちゃならねえ。盗人にならずとも、頭のめぐりのいい男だ。生きる道はいくらでもある。自分の才覚を生かして、日向道を歩くんだ」

と、林蔵に諭されたのだった。

諭されたばかりではない。林蔵は亥ノ吉の将来に少しばかり自分の期待を賭けてみたいと言って、商売の元手金として五十両を融通してくれたのだった。

「利子なしの出世払いだが、返してもらおうなんて思っちゃいない。だからと

いって無駄にするんじゃねえぜ」

亥ノ吉は林蔵の思いを聞き入れ、自分なりに考えた。それが陰間茶屋専門の人買いだった。林蔵は店を構えて何か商売をしてくれると考えていたのだろうが、亥ノ吉はもっとも元手のかからない男色専門の子供集めに目をつけたのだ。林蔵は落胆したが、亥ノ吉の思惑は外れることがなかった。

陰間茶屋に渡りをつけ、江戸近郊の村に行き、これはと思う男の子に目をつけた。金で買い取ることもあったが、言葉巧みにうまく話をつけて攫ってくることもあった。

ほとんど元手のかからない商売なので、金は溜まる一方だった。三年もすると、それ相応の資金が出来、傾いた女郎屋の立て直しにかかった。それが深川仲町の小島屋だった。女将には女郎上がりで、女たちの扱いのうまい多津をよその店から引き抜いて据えた。それも間違いではなかった。

以来、亥ノ吉は小島屋の表には出ず、裏で店を仕切る一方で、陰間茶屋からの相談に応じて、子買い仕事もつづけていたのだった。

それだけならよかった。しかし、先月四月三日に起きた吉原の火事騒ぎに乗じて足抜した女郎が、市中をうろついていることを知ると、その女郎集めに奔走した。予定ではうまくゆくはずだった。だが、花魁・信濃を抱き込んだのが運の尽きで、吉原の楼主らの反感と怒りを買った。深川女郎になじめなかった信濃が、亥ノ吉との約束を破り、吉原の楼主に告げ口をして助けを求めたのだ。

だから、絞め殺してしまった。

このことで、亥ノ吉は吉原の連中と町方から追われる身になった。

吉原では一種の治外法権が罷り通っており、廓内で何か事件があっても、町奉行所はよほどのことがないかぎり出張らない。廓内の不始末は自分たちで始末しろというわけである。そのために吉原には、自警団的組織が作られている。

この組織に属する男たちは、素性の知れない荒くれ者で、人殺しなど朝飯前でやってのけるという噂があった。吉原に通う者なら誰でも知っている用心棒集団であるが、どんな人間がいるのか、その実態は謎に包まれていた。それゆえに、恐ろしい存在だった。

信濃を殺した亥ノ吉がもっとも恐れたのが、この吉原の連中だったのである。

しかし、いまは牢を破り、さらには多河の女将おふじまでも殺している。吉原の連中にくわえ、町方が目の色を変えているのはいうまでもない。

一刻も早く江戸を去らなければならないが、肝腎の金をお町に持ち逃げされている。窮余の一策で、小島屋に金を都合させているが、店をまかせている多津は、人の弱味につけ込んで金を出ししぶっている。

自分で乗り込んで話をつければ簡単だが、そうはいかない。小島屋には町方だけでなく、吉原の連中が見張りについているのは、考えるまでもなかった。

切歯扼腕の思いで、雨に濡れる青葉を眺めていると、足音が聞こえてきて、

「亥ノ吉、入るぜ」

という声がした。林蔵だ。

「戻ってきましたか？」

見事な銀髪の林蔵の顔が見えるなり、亥ノ吉は声をかけた。

「まだだ」

林蔵は首を振って上がり込んできた。齢六十半ばの顔のしわは深いが、血色はよい。小太りの体を藍色の上田縞の着流しに包んでいた。

「……身から出た錆だ」

林蔵は亥ノ吉の前に座り込むなり、そう言って言葉を継いだ。

「亥ノ吉、悪いことは言わねえ。小島屋から金が届いたら、しばらく江戸を離れるんだ。金を持ち逃げしたお町のことは、それとなくこのおれが捜しておく。お

まえはほとぼりが冷めるまで、よそで身をひそめているんだ」

「親爺さん、それはならねえ。あの金はおれが苦労してこさえたものだ。それに、ほとぼりが冷めるには二年、いや三年はかかるでしょう。そんな悠長(ゆうちょう)なことはしてられませんよ」

「だが、命あっての物種だ」

「言われるまでもなくよくわかっております。ですが、あの金をあきらめるわけにはいきません」

「亥ノ吉、欲をかくんじゃねえ。おまえはまだ若い。いくらでもやりなおしは利く。小島屋から金が届いたら、それで江戸を出ろ」

林蔵はじっと亥ノ吉を見つめた。年は取っているが、その目は鋭さを失っていない。

亥ノ吉はしばらく黙り込んだ。

青葉をたたく雨の音が、静かに部屋のなかに忍び入ってくる。

「……わかりやした。親爺さんの言うとおりにしましょう」

亥ノ吉は考えた末にそう言ったが、本心ではない。そういえば林蔵の気がすむだろうと思うからだった。

「ここに、三十両ある。少しの足しにはなると思う。取っておけ。それから、小島屋の金が届いたら、この家からそっと出て行くんだ。わかったな」

林蔵はそう言って、懐(ふところ)から出した金の包みを畳に滑らした。

「この年になって親爺さんの世話になるとは思いもしませんでしたが、甘えさせていただきます」

「遠慮はいらぬ」

亥ノ吉は頭を下げて、金を懐に入れた。

「親爺さんも……おかみさんにもよろしくお伝えください」

「達者でな」

「うむ」

林蔵は小さくうなずくと、腰をあげて離れ家を出て行った。

亥ノ吉は林蔵の足音が聞こえなくなると、ふうと長いため息をつき、

「それにしてもあの野郎、いつになったら戻って来やがるんだ」

と、使いに出した男の帰りが遅いのが気になった。

外は鬱陶しい雨が降りつづいている。

第三章　遠雷

一

菊之助と次郎は、肥前屋の小僧を尾行していた。

小僧の名はわからない。十六、七歳のまだ幼さが残る顔をしているが、ひょろりと背が高い。そのぶん人混みに入っても見失うことはないが、雨中の通りに人の姿は多くない。

その後ろ姿を見ながら、菊之助は亥ノ吉のところへ案内するのだと、祈るように思った。もし、肥前屋に戻るのであれば、新大橋（しんおおはし）を渡るはずだ。しかし、小僧は小名木川（おなぎがわ）に架かる万年橋（まんねん）を渡り、大川沿いの道を辿りはしたが、新大橋をやり過ごした。それじゃ、両国橋を渡って帰るのか……。

　間もなく左手が御船蔵となり、安宅の通りになった。道の先は雨で烟っている。雨が斜めに降るので、通りを行く誰もが傘を傾けている。

「亥ノ吉からの使いでしょうか？」

　次郎が横に並んで聞いてきた。

「そうあってほしいものだ」

「それじゃ、これからあの小僧は亥ノ吉に会うと考えていいですかね」

「そうしてくれれば助かるが、果たしてどうなるか……」

　菊之助は小僧の後ろ姿に目を注ぎながら次郎に応じた。

　小僧は一ツ目之橋を渡った。その足取りに迷いはない。やがて、次郎の実家のそばである本所尾上町に差しかかった。備前屋という瀬戸物屋がそうである。菊之助は次郎が実家に目を注ぐのを横目で見た。

「おいらの家も、この雨で商売上がったりのようだ」

　次郎が独り言のようにつぶやく。

「たまには顔を見せに帰ったらどうだ？」

「……小言を言われるのが関の山です。親に言われるのならまだ我慢もできるけど、兄貴の野郎が口うるせえから」

次郎と兄はよほどそりが合わないらしい。菊之助は何度もそのことを耳にしているが、深く詮索(せんさく)はしていない。他人の話は一方的に聞いても、正しい判断はできない。

両国東広小路に入るとさすがに人が増えた。それでも背の高い小僧を見失うことはない。肥前屋に帰るのであれば、大橋を渡るはずだが、小僧はそうしなかった。今度も橋をやり過ごして、大川の入り堀に架かる駒留(こまどめ)橋を渡った。

「菊さん、あの野郎、店には帰りませんよ」

「うむ……」

菊之助が短く応じたとき、小僧の足がゆるんだ。と、間もなく先の茶店からひとりの男が出てきた。菊之助は目を光らせ、一瞬、息を呑んだ。

「次郎……」

あれが亥ノ吉かというように、次郎を見る。目を凝らしていた次郎だったが、

「違います」

と首を振った。

そのとき、小僧が男に何かを渡すのが見えた。それはほんの一瞬のことだったが、菊之助は見逃さなかった。

何かを受け取った男は、そのまま背を向けて歩き去った。小僧のほうは、そこで振り返って菊之助たちのほうに後戻りしてくる。

菊之助は傘を倒して、顔を見られないようにした。

「次郎、おまえはやつを尾けるんだ。おれは男を尾ける。秀蔵と回向院前の吉田屋という茶屋で、八つ半に落ち合うことになっているので、あとで会おう」

「わかりました」

肥前屋の小僧が通り過ぎると、次郎は尾けはじめた。菊之助は大川沿いの道を北に行く男を追った。男は着流しの裾を端折り、色のあせた半纏を着ている。一見したところ職人か行商人ふうだ。小柄でずんぐりしている。

左は水量を増した大川。さすがに上り下りする舟は見られない。川の向こうに浅草の町と、御米蔵がぼやけて見える。右側には大名屋敷の長塀がつづいていた。男は歩きつづけ、青物河岸までやって来た。対岸は浅草駒形で、少し先に竹町之渡しがある。

男が道をそれたのはそれからすぐだった。北本所表町に入ったのだ。町屋を素通りするように歩き、小さん堀の畔に出た。堀の向こうは大きな旗本屋敷である。男は後ろを一度も振り返ることがなかった。周囲への警戒はまったくしていない。

やがて鉄砲垣をめぐらした家に辿り着き、男はその家の簾戸門(すどもん)をぬけた。大きくはないが、なかなか小粋な屋敷である。簾戸門はその家の裏口になっており、そばに離れ家が建っていた。垣根の内側には植え込みがあり、雨に濡れた青葉が光っている。

菊之助は離れの玄関に男が消えたのを、垣根越しに見守った。

ここに亥ノ吉がいるのか……。

ともかく見張ることにした。亥ノ吉の特徴は大まかに聞いている。四十三歳の中背のやさ男で、左目尻の下に泣き黒子(ぼくろ)があるということだった。

亥ノ吉は林蔵宅の離れを出ていた。それは使いに出した新吉(しんきち)という男の帰りが遅いのが気にかかったからである。新吉はまず肥前屋の小僧・久作(きゅうさく)に会い、その久作を小島屋に向かわせたはずだ。亥ノ吉はそう指図していた。

久作だったらどこかの御用聞きか使いっ走りだと思われるだけで、張り込んでいると思われる町方や吉原の連中の目も誤魔化(ごまか)せると踏んでいた。

それに久作は亥ノ吉の書いた文を小島屋の多津に渡し、金を預かって持ち帰るだけでよかった。その金は途中で新吉が受け取り、亥ノ吉に持ってくる手筈だった。

だが、帰りが遅いのは、何か手違いがあったと考えるべきだった。多津が金を出し渋るのはわかっていたが、そうではなく、張り込んでいる連中に久作が訊問を受けたのではないかと考えたのだ。追われる身の亥ノ吉の警戒心は強くなっており、ここは用心が必要だと判断して、林蔵の家からほどない蕎麦屋にしけ込んでいたのだった。

新吉はそれからしばらくして戻ってきたが、亥ノ吉はその新吉のあとを尾ける男に気づいた。

一本差しの浪人ふうだった。町方なのか吉原の人間なのかわからないが、心の臓が高鳴り、舌打ちをした。だが、自分のことは気づかれていない。

蕎麦屋の窓際でその男と新吉を見送った亥ノ吉は、店の厠の裏から小さん堀沿いの道に出て様子を窺った。案の定だった。林蔵の離れ家に入った新吉を見張るように、さっきの男が竹垣の陰に隠れていた。

それをたしかめた亥ノ吉は、急いで蕎麦屋に戻ってどうするかを考えた。新吉は自分がいないのを知ると、離れ家を出るはずだ。出直すつもりで、どこかで暇をつぶすかもしれない。いや、そうしてくれなければ困る。新吉は金を預かっているはずなのだ。

格子窓の外を窺いながら、亥ノ吉は我知らず貧乏揺すりをしていた。

何もかも裏目に出やがってと、無性に腹立たしかった。だが、どうすることもできない。ともかく新吉が持っているはずの金を、どうにかして受け取らなければならない。

苛々(いらいら)しながら小半刻(こはんとき)(三十分)ほど経ったとき、表道に新吉の間抜け面が見えた。亥ノ吉はその後ろから尾けてくるはずの男に注意をしたが、その気配がない。新吉はその間にも遠ざかる。あいつ、どこに行きやがるんだと気を揉んでもわからないことだ。

亥ノ吉は忙しく新吉と小さん堀のほうに目を注いだ。尾行者の姿はない。すると、まだあの離れを見張っているのか……。そうかもしれないと思った。

亥ノ吉は勘定を払うと、店を出て新吉を早足で追いかけた。ときどき、背後に注意の目を向けたが、最前の男の姿はない。やがて、大川沿いの通りに出た。新吉は吾妻橋(あずま)のほうに歩いていた。

足を急がせて追いついた亥ノ吉が、

「新吉、そのまままっすぐ歩け」

と声をかけると、新吉が驚いたように見てきた。

「いいから、そのままゆっくり歩いてりゃいい。おれはこの先まで行って適当なところで声をかける。わかったな」

「へ、へい……」

新吉は硬い表情で答えた。

亥ノ吉はそのまま急ぎ足になって、中之郷竹町（なかのごうたけちょう）まで行くと、一軒の古道具屋の軒下に身を寄せ、新吉のずっと後ろに目を向けた。

さっきの男も、尾けて来るようなあやしい男の姿もない。新吉が近づいてきた。

「新吉、こっちだ」

顎をしゃくって路地に誘い入れた。

「もらってきたか？」

「へえ」

「渡せ」

新吉が差し出したのは小さな結び文だった。

「なんだこりゃ？」

あっけにとられて聞くと、

「あの小僧はこれをくれただけです」

と、新吉は間抜け面でいう。

「なんだと……」

亥ノ吉は結び文をほどいて一読するなり、それを破り捨てて足で踏みにじった。

「あのアマ、舐めたことを……」

亥ノ吉はぎりぎりと奥歯を嚙んで、雨を降らす天をにらみつけた。

文には渡す金はない、と書かれていたのだった。

二

菊之助は肥前屋の小僧から〝何か〟を受け取った男が、離れ家を去ったあとも同じところで見張りをつづけていた。亥ノ吉がその離れ家にいると思ったからだ。

だが、離れ家には人の動きが感じられない。

菊之助は息を殺して、屋敷内に注意深い目を注ぐ。庭の木々は剪定が行き届き、地面には露草が咲き、菖蒲や紫陽花も花を開いている。家人の趣味だろうが、それだけで通人だと察せられた。しかし、離れ家の戸は閉まったきり、開こうとしない。

菊之助は、自分の顔は亥ノ吉に知られていないのだから、そのまま訪ねていこうかと思ったが、すんでのところで思いとどまった。母屋を訪ねてみようかと、それも考えたが、ともかく近くの商家まで行って、竹垣をめぐらし、離れ家のある家のことを訊ねてみた。

「ああ、そこでしたら林蔵さんという方の家でございますよ。いまは隠居暮らしをなさってますが、何でも浅草のほうで薬種問屋をやっておられたそうです」

小間物屋の亭主はそう言って、茶を勧めた。雨のせいで暇そうだ。

「亥ノ吉という男が出入りしているようなことはないかね」

「亥ノ吉さん……はて、そんな方は……」

亭主が首をかしげるのに、菊之助は秀蔵から聞いていた亥ノ吉の人相と年恰好を話した。

「さあ、そんな方は見たことありませんね。それに、林蔵さん夫婦は近所付き合いがほとんどないんで、町の者もあの家のことはよく知らないんでございますよ」

「……そうか」

菊之助は雨の向こうに見える林蔵の家に目を注いだ。

「何か御用でしたら、訪ねて行かれたらどうです」

「……そうだな。邪魔をした」

小間物屋の表に出て、亭主の言ったように訪ねてみようかと思ったが、それなら離れ家を訪ねるのも同じだと思いなおした。

来た道を戻り、離れ家の簾戸門をぬけ、石畳を歩いた。亥ノ吉だったら油断ができない。菊之助は緊張の面持ちになり、土庇（どびさし）の下に立って声をかけた。

返事はない。もう一度声をかけたが同じであるし、屋内にも人の気配を感じない。

「頼もう」

もう一度言って、腰高障子を開けた。一畳ほどの三和土（たたき）があり、その先に短い廊下。座敷の障子が半分開いているので、屋内は一目瞭然だった。床の間には違い棚が設（しつら）えてあり、山水の掛け軸がかかり、竹の一輪挿（ざ）しが柱にかかっている。

六畳一間の二方に廊下がめぐっているが、人はいなかった。

どういうことだ……？

狐につままれたような気分だった。

さっきの男はここに何をしに来たのだ？　無人の離れ家を訪ねてきたとは思えない。すると、ここにいた者は母屋に移ったのか？

このとき、菊之助はまたもや自分のしくじりに気づいた。次郎をそばにつけておくべきだった。肥前屋の小僧はいつでも会うことができる。そっちは後まわしにしてもよかったのだ。そうしておけば、小僧から何かを受け取った男を尾行することもできたのだ。

歯噛みをする菊之助はここで、母屋を訪ねるべきかどうかを思案した。

……母屋からここに戻ってくる者がいるかもしれない。それを待とう。

菊之助は上がり框に腰をおろした。

だが、いくら待てども離れには猫一匹入ってこなかった。

そのころ、亥ノ吉は吾妻(あずま)橋西詰、浅草材木町(ざいもくちょう)の小さな茶店にいた。長床几(ながしょうぎ)に腰掛けており、隣には新吉が座っていた。

「……おまえじゃ話にならねえな。こうなったら久作から話を聞くしかない」

久作が小島屋の多津とどんなやり取りをしたか知りたかった。大方察しはつくが、多津のことが我慢ならない。さんざん目をかけて、店をまかせたはいいが、そのことにかこつけてあの店を自分のものにする気なのだ。

ひょっとすると、店には町方か吉原からの差し金で誰か手ぐすね引いて待っているのかもしれない。いや、それは大いにあり得ることだ。だから多津は、渡す金はないと、開き直った結び文を返してきたのだ。

さらに、町方に久作を尾けさせれば、自ずと自分のところに辿り着けると知恵をつけたのかもしれない。いや、きっとそうだ。あの女のやりそうなことだ。考えれば考えるほど腹立たしくなってくる。

「……どうするんです？　これから久作に会いに行くんですか？」

「会うさ。会わなきゃならねえ。ほんとはそんな面倒なことは省いて、店に乗り込んで多津をとっちめてやりてえところだが……くそッ」

亥ノ吉は拳を膝にたたきつけて立ち上がった。

「行くぜ」

新吉をうながすと、ぱっと音をさせて傘を開いた。

歩きながら、金を持ち逃げしたお町を捜さなければならないと思う。そんなこともあるのに、自分は町方と吉原の連中からも追われている。まるきり踏んだり蹴ったりだ。救いは林蔵が三十両を都合してくれたことだった。おそらく餞別代わりにくれたのだろうが、林蔵にはいくつになっても頭が上がらない。

市中を無闇にうろつくのは危険極まりなかったが、あいにくの雨が人の目を鈍くしている。亥ノ吉はそれをいいことに動いているのだが、なるべく傘で顔を隠すようにしていた。

肥前屋が近づいたとき、久作にも尾行がついていたのではないかと危惧した。いや、大いにあり得ることだ。

そう気づいた亥ノ吉は、竪大工町の町屋に入って足を止めた。

「どうしたんです？」

新吉が聞いてくる。

「肥前屋のまわりに変な野郎がいないか、見てこい。おれはそこで待っている」

亥ノ吉はそう言って、豆腐屋の軒下に顎をしゃくった。天水桶があり、身を隠すのにも役立ちそうだった。

「それから店の様子も見てこい。もし、妙なやつを見たら、何も言わずに帰ってこい」

「誰もいなかったらどうします？」

「そのときゃ、うまく久作を呼び出すんだ。なに、二、三聞くだけだから、すぐにすむ。さあ、行け」

「へい」

新吉が肥前屋に向かって行くと、亥ノ吉は豆腐屋の軒下に身を置いた。庇からぼとぼとと落ちる雨の滴が地面を穿（うが）っている。

ねっとりした風が首筋にまといつき、汗ばんでいる体をさらに不快にした。亥ノ吉は手拭いで濡れた腕を拭いて、顔をぬぐった。

新吉はすぐに戻ってきた。それも久作を連れてである。どうやら追っ手はいないようだ。わずかだが、ほっと胸をなで下ろした。

「久作、世話をかけたな」

「い、いいえ。まさか亥ノ吉さんの使いだとは思いもいたしませんでした」

新吉に小島屋に行くように頼まれたことを言っているのだ。

「ちょいとそのことだがよ、多津はおれのことを何か言っていたか？」

「女将さんがですか……？」

「ああ、そうだ」

「いいえ、わたしは新吉さんから預かった文を、女将さんに渡しただけです。それからしばらく待たされて、あの結び文を持たされました。それだけです」

「それだけ……。金のことは何もいわなかったか？」

久作は白目勝ちの目を丸くして、いいえ、と首を振る。

「それじゃ、店に変な男はいなかったか？」

「変な男の人ですか……いえ、見ませんでしたけど。なにせわたしは、裏の勝手口で待たされていただけですので……」

「それじゃ、多津とは何もしゃべってないのか？」

「ご苦労様と言われただけです」

亥ノ吉はがっかりした。これじゃ話にならない。直接小島屋に行きたいが、それができない。どうしようかと考える目を遠くに向けたとき、二人組の男が近づいてきた。二人とも粗末な身なりをして、大刀を落とし差しにしていた。

「もうよろしいですか？」

近づいてくる浪人を警戒していると、久作が聞いてきた。亥ノ吉は二人の浪人を見たまま「ああ、もういい」と、半ば上の空で応じた。二人組の浪人は傘で顔を隠しているので表情は見えない。だが、亥ノ吉は異様な殺気を感じ取っていた。

目の端で店に帰って行く久作の姿を見たとき、接近してきた浪人が傘を放り投げるなり、水もたまらぬ速さで抜刀した。雨滴をはじく刃が恐ろしい勢いで、自分に襲いかかってくる。亥ノ吉は悲鳴を上げることもできなかったが、その代わり、そばにいた新吉を突き飛ばした。

刹那――、

「ぎゃあ！」

新吉の絶叫がして、雨中に血潮が勢いよく迸った。首の付け根を斬られた新吉は、泥道に倒れ込んでもなお絶叫を上げてのたうちまわっていた。

相手はそんな新吉には目もくれず、亥ノ吉に迫った。一瞬、蛇ににらまれた蛙のように体を硬直させた亥ノ吉だったが、悶絶する新吉の声で我に返り、豆腐屋の脇路地に駆け込んで死に物狂いで逃げた。

二人の男は執拗に追ってきたが、亥ノ吉は狭い路地裏を駆けに駆けた。路地が行き止まりになったら一巻の終わりである。だが、幸いなことに路地は行き止まりにならず、どこかの道につながっていた。裏長屋を抜け、商家の迷惑も顧みず、土間に駆け込むなり、そのまま突き抜けて裏の勝手口から逃げた。

ともかく必死の思いで、刺客を振り切ろうと力の限り走りつづけた。

三

菊之助が秀蔵との約束の刻限に、回向院前にある吉田屋という茶屋に入ると、もう全員が揃っていた。肥前屋の小僧を尾けて行った次郎も来ており、

「あの小僧、そのまま店に戻っただけでした。しばらく様子を見ていたんですが、とくに変わった様子はないし、逃げるような素振りもありませんでした」

と、菊之助に報告した。

「小僧は店にいるんだな」

「へえ」

菊之助は、そう応じた次郎から秀蔵に顔を向けた。

「次郎から大まかなことは聞いた。それで、おまえのほうはどうだった？」

「それが妙なのだ。肥前屋の小僧から何かを受け取った男は、北本所表町のある屋敷に入ったのだが……」

菊之助はそう言ってから、件（くだん）の離れ家を見張っていたことを話した。

「すると、その男がどこへ行ったかはわからないということか？」

あらましを聞き終えた秀蔵は、湯呑みを置いて腕を組んだ。

「亥ノ吉がいたかどうか、もしくはまったく関わりのない者がいたのかもわからぬ」

「その林蔵という家の使いだったということは……」

「それも考えてみたが、下手に聞き込みをしないほうがいいだろうと思い、さっきまで離れを見張りつづけていた次第だ」

「そうか……」

秀蔵は腕組みをほどいて、団子を頬張った。この男、苦み走った色男のわりには、大の甘党である。

「林蔵の家に聞き込みをかけるべきだと思うが……」

「放っちゃおけねえな」

秀蔵はそう言うなり、すっくと立ち上がった。

「菊の字、案内しろ。おれのほうの調べは道々話す」

そう言うが早いか、秀蔵はもう雨のなかに飛び出していた。菊之助は小走りになって秀蔵を追いかける。他の者たちも後ろにしたがった。

「野崎から聞いたことだが……」

菊之助が横に並ぶと、秀蔵が口を開いた。

「船宿・壱船の半次郎という船頭は、亥ノ吉のことを詳しくは知らない様子だった。ただ、亥ノ吉に重宝されていたらしい。やつの縄張りは深川が主だ。だから舟をよく使ったようだ。舟の行き先も深川がほとんどだったらしい」

「気にかかるようなところへは行っていないのか？」

「いや、それがある」

菊之助はさっと秀蔵に顔を向けた。

「ひとつは向島だ。だが、こっちはいずれ亥ノ吉が作ろうとしていた料理屋の下見だったようだ。行き帰りにはそんな自慢話をしたらしい」

「その他には？」

「うむ。気になるのは湯島だ。湯島のどこかはわからないが、月に三、四回湯島に舟を向けていることだ。舟はいつも昌平河岸につけて、そのまま返されることもあったらしいが、待たされることもあったという」

昌平河岸――。神田川に架かる昌平橋の先である。

「なぜ、湯島に？」

「半次郎はおそらく女だろうといった。それに、二度ばかりその女を乗せている。

名をお町といったそうだ。贔屓の客のことだから、半次郎はよく覚えていると言った」

「……お町」

「うむ。いずれ捜し出してあたるつもりだ。……田村屋という質屋のほうだが、こっちはたいしたことなかった。亥ノ吉は掛け軸とか骨董の壺に興味を持っていたらしく、その物色だったようだ。いずれ自分の予定していた料理屋にでも飾るつもりだったのだろう」

「それじゃ、お町という女が手掛かりになるということか……」

「さあ、それは何とも言えねえが……」

そういった秀蔵は、目の前の水溜まりをひょいと飛び越えた。

「横山町の森田屋という旅籠だが、どうやらここは仮のねぐらだったようだ。やつは吉原の人間に追われ、おれたち町方にも追われている。夜露をしのぐために旅籠に泊まっただけだろう。やつと関わりのありそうな旅籠の人間もいなかった」

「しかし、女がいたら。その女の家に泊まることもできたはずだ」

「そっちにも手がまわっていると考えたのかもしれねえ。ともかく、お町という女は捜さなきゃならねえ」

林蔵の家の前に着くと、

「次郎と甚太郎は裏にまわれ。寛二郎と五郎七はここで待て」

秀蔵はそう指図をして、菊之助をともなって林蔵の家を訪ねた。

そのまま玄関の前まで行くが、すぐに声はかけない。

しばらく五感を研ぎすまして、家のなかの様子を窺った。人の気配はあるが、声は聞き取ることができなかった。そこで初めて、秀蔵が訪いの声を発した。張りのある声は、多少の雨音には負けはしない。

家のなかに下駄音がして、間もなく戸が開かれた。現れたのは五十過ぎと思われる女だった。

「南町奉行所だ。林蔵殿は在宅か？」

「はい、おりますが、御番所（ごばんしょ）の旦那さんが何の御用で……？」

「それは林蔵殿に話す」

「あんた、お役人さんが……」

と奥に声をかけるのを見ると、女は林蔵の女房のようだ。

二人は客間に上げてもらい、女房に茶をもてなされた。林蔵はもったいをつけたように、客間に入ってきて、丁寧に辞儀をした。

髷は銀髪である。それに櫛目がきちんと通っていた。小柄ながら貫禄のある年寄りである。一目で八丁堀同心だとわかる秀蔵を見ても、臆したところがない。

「……それで、どんな御用でございましょう？」

林蔵は挨拶をしてから訊ねた。その目は柔和に微笑んでいるように見えたが、決して笑っているのではなく、油断なく秀蔵と菊之助を観察しているのだった。

この男はただ者ではないと、菊之助は一目見るなりそう思った。

「まわりくどいことは抜きだ。直截に訊ねる」

秀蔵はまっすぐ林蔵を見て言った。

「何でございましょう？」

「亥ノ吉という男を知らぬか？　深川仲町の女郎屋の主だ」

「よく知っております」

林蔵は表情ひとつ変えずに答えた。秀蔵の片眉がぴくりと動いた。菊之助も林蔵から目を離さなかったが、同時に家の隅々に視線を走らせてもいた。人の隠れている気配は感じられなかった。

「この家を訪ねてきたことはないか？　ここ二、三日のことだ」

「昨夜やって来まして、離れのほうに泊まっておりましたが、昼前にどこへともなく消えてしまいました。亥ノ吉が何かやりましたでしょうか？」

「殺しだ」

秀蔵はずばりと言う。

「殺しを……」

林蔵はうめくように言うと、かぶりを振ってそういうことでしたかと、ため息まじりの言葉を添えた。菊之助と秀蔵は同時に眉宇をひそめた。

「亥ノ吉は昨夜やってくるなり、困ったことになったと頭を悩ましておりました。わけを聞いても話さないので、深く立ち入りはしませんでしたが……あの男も、まったくとんでもないたわけたことを……」

「それで亥ノ吉はどこにいる？」

秀蔵は一膝詰めて聞いた。

「ついさっき、いや昼前に離れを訪ねたときはもうおりませんでした」

「やつの行き先を知らぬか？」

「さあ、どこへ行ったものか……殺しをしたとなれば、自分の家にも店にも立ち寄ることはできないでしょうから……それにしても、それはいつのことで？」

　こいつは相当の狸爺だと、菊之助は見た。

　それでも秀蔵は詰め寄るように問いかけた。

「殺しは三件だ。一件は昨日、同じ日に牢を破り、賄いを殺している。もう一件は八日ほど前のことだ。林蔵、嘘を申したらただではすまされぬぞ。おれを甘く見るな」

　秀蔵は双眸に力を入れるが、林蔵は柳に風というように受け流す。

「嘘などとんでもございません。……それにしても、あの亥ノ吉がまさか、人を殺めるなどという大それたことをするとは……」

「やつの行きそうなところに心当たりはないか？」

　秀蔵は林蔵を遮って訊ねる。

「さあ、それはわたしには……亥ノ吉とは長い付き合いではありますが、ここ数年は盆暮れに顔を合わせるぐらいで、日頃のことはよく存じておらぬのです」

「お町という女のことを聞いたことはないか？」

「それは初めて聞く名です。亥ノ吉とどんな関わりがあるのでしょう？」

　菊之助は唇を嚙みしめた。秀蔵より、臈長けた林蔵のほうが一枚上だ。それに、嘘を言っているようにも思えない。

「知らなければ、それでよい。だが林蔵、もし亥ノ吉を匿っているようなことがあとでわかったら、命が縮むと思え」

「まさか町方のお役人に脅されるとは心外。手前はあの者を匿ってもいなければ、嘘も申しておりません。ただ、今朝方、金に困っていると言うので、三十両ほど都合してやりました」

「なんだと……」

秀蔵は目を瞠った。

菊之助も、林蔵のいまの一言には焦りを覚えた。三十両あれば江戸から離れることができる。倹約すれば、二、三年は楽に暮らせる。

「もう一度聞くが、本当に亥ノ吉の行き先を知らないのだな」

しばらくの間を置いて、林蔵は首を振りながら答えた。

「さっぱりわかりません」

その返答を最後に秀蔵は訊問を打ち切った。

「林蔵という爺め、相当の狸だな」

表に出て傘をさすなり、秀蔵がぼやいた。どうやら菊之助と同じことを感じていたようだ。

「……嘘を言ってるとは思えないが、おまえはどう思う？」

菊之助は秀蔵を見ていった。

「うむ、疑えばきりがないが、まるっきし嘘をついているとは思えぬな。だが、何か襤褸が出て来たときには、容赦はしねえ。ともかく肥前屋の小僧をあたろう」

四

「なに、殺しだと……？」

肥前屋を訪ねてすぐ、すぐそばで斬り合いがあったと知らされた秀蔵は目を剝いた。教えてくれたのは、肥前屋の主・幸作である。幸作は以前、深川の岡場所で地回りに因縁をつけられたことがあった。そのときなかに入り、救ってくれたのが亥ノ吉だった。以来、幸作は亥ノ吉に頭が上がらず、

「幸作さん、ちょいと困ったことがあってな。悪いが一晩ほど泊めてくれねえか」

と先日、亥ノ吉に頼まれていたのだった。

借りのある幸作は断ることもできず、一部屋を貸していたのだ。そのとき、次

郎に目をつけられ、亥ノ吉は秀蔵の縄にかかったのである。幸作も調べを受けているが、この主は人のよい善良な庶民でしかなかった。

「それで、殺されたのは誰だ？」

秀蔵は幸作に射るような眼差しを向けた。

「新吉という男で、うちの小僧の久作がそのことを話しに番屋のほうに行っております」

「どこの番屋だ？」

「へえ、竪大工町でございます」

秀蔵はさっと幸作に背を向けて、菊之助たちに顎をしゃくった。

そこで、雨のなかを竪大工町の自身番に移動した。やむことを知らない雨だが、降りが弱くなり、雨粒も小さくなっていた。西の空に白い雲が見え、何となく明るんでいる。雨は一休みする気配だ。

自身番には、詰めている家主と二人の店番がおり、その前に肥前屋の小僧・久作が肩をすぼめて座っていた。秀蔵の姿を見ると、その顔がこわばり、萎縮(いしゅく)するように体を固めた。

自身番は狭い。秀蔵は上がり框(かまち)に腰をおろしたが、菊之助は三和土に立っていた。他の者は表だ。

「殺しがあったと聞いたが、いったいどういうことだ？」

秀蔵は、久作と自身番詰めの町役らを眺めて聞いた。

答えるのは忠衛門（ちゅうえもん）という家主である。

「殺されたのは新吉という者らしいです。詳しいことはここにおります久作にお訊ねくださいますか。もうすぐ他の旦那もやってくるとは思いますが……」

忠衛門は町奉行所に使いを出しているようだ。おそらく定町廻り（じょうまちまわ）り同心あたりがやってくるはずだ。しかし、そんなことにはかまわず、秀蔵は久作をそばに呼んだ。

「なぜ、そんなことになった？」

「それがよくわかりませんで……」

久作は大きな目をぱちくりさせていう。

「わかりませんということはないだろう。見たことをありのましゃべればいいのだ」

「あ、はい」

久作は一度つばを呑み込んで、新吉が斬られたときの一部始終を話した。

聞いていた菊之助は、そこに亥ノ吉がいたということに驚きを隠せなかった。訊問をする秀蔵も、亥ノ吉の名が出ると、眉をぴくりと動かした。

「それじゃ、おまえは新吉に頼まれて小島屋の女将に手紙を持って行き、女将から返事をもらい新吉に渡したというのだな」

「そうです」

「新吉からもらった手紙が亥ノ吉からのものだとは知らなかったのか？」

この問いに、久作は膝の上に置いた手を結んで開き、また結んで、もじもじした。

「……どうした？」

久作は「へえ」と、悪戯を見つけられた子供のようにうなだれて答えた。

「じ、じつは盗み読みしました」

「話せ」

「新吉さんからもらった手紙は、亥ノ吉さんが書いたもので、小島屋の女将さんに金を都合するように書かれてありました。当座、百両でいいと……で、その金をわたしに持たせるようにと……」

「それで……」

「わたしはずいぶん待たされましたが、女将さんからもらったのは小さな結び文でした。ご苦労だねと言われ、これを渡してくれと結び文を持たされただけです」

「その結び文も読んだんじゃねえのか？」

久作は観念したように、盗み読みしたことを認めた。

「返事はとても短くて、店はいろんな人間に見張られていて商売になっていないので、金は都合できないと、どうしても入り用なら取りに来てくれと……そう書かれていただけです」

「ふむ……」

秀蔵は人差し指で、唇をそっと撫でた。

「なるほど、そういうことだったか……」

秀蔵は言葉を付け足して、菊之助にちらりと視線を投げた。それからすぐに久作に顔を戻した。

「おまえはお町という女を知らないか？」

「お町……それは誰です？」

久作は狐につままれたような顔をした。

「知らなきゃいい。それじゃ、斬られた新吉という男は何者だ？」

「それもよくわかりませんで、亥ノ吉さんの子分ではないかと……」

「そうか……」

　秀蔵はそう言って、ゆっくり腰をあげた。

　そのとき、戸口に小者を連れた男が現れた。定町廻り同心の日向金四郎（ひなたきんしろう）だった。秀蔵の後輩だ。

「これは横山さん」

「おまえだったか。話は聞いたが、この一件、おまえにまかせた」

「え、それでいいんで……」

　金四郎は自身番のなかと秀蔵を、交互に見た。

「ああ、おまえの仕事だ」

　秀蔵は金四郎の肩をぽんとたたいて、表に出た。

「仏を見ていくか……」

　そのまま自身番の裏にまわり、筵（むしろ）がけしてある新吉の死体をあらためた。首の付け根にざっくりと斬られた刀傷があった。これではひとたまりもなかっただろう。菊之助はため息をついて、目をそむけた。

秀蔵が持ち物をあらためたが、何も出てはこなかった。

「亥ノ吉を襲ったやつのことはどうするんだ？」

聞いた菊之助に、秀蔵は首を振って答えた。

「大方、吉原の連中だろう。捜し出すのは難しいし、おそらく捕まらぬだろう。それよりお町という女をどうにかしなきゃな」

秀蔵は筵をかけなおして立ち上がった。

五

弱くなっていた雨が、幕を引くようにすうっとやんだ。代わりに雲の間からか細い日の光が射して、水溜まりをまぶしく輝かせた。濡れた青葉から真珠のような光を放つしずくが、ぽたりぽたりと落ちている。

ほうほうの体(てい)で逃げ切った亥ノ吉は、いまだに心の臓を騒がせていた。とにかく刺客に追われている最中は生きた心地がしなかった。

どこをどう逃げてきたのか定かでなかったが、自分が生きていることに、やっと胸をなで下ろす。

そこは、神田明神の北側にある妻恋稲荷の小さな境内だった。亥ノ吉は本堂の階段に尻をおろし、しっかり帯にたくし込んでいた金をあらためた。林蔵からもらった金は落としていなかった。この金だけはなくしてはならない。これがいま自分の全財産なのだ。

それにしても、多津には腹の立つことこのうえない。

思い返せば、あのときに多津をひと思いに殺しておけばよかった。吉原の連中が目の色を変えて自分を捜していると知ったとき、亥ノ吉は身の安全を図って、自宅にも帰らず店にも近づかなかった。だが、多津だけには話をしなければならないので、どうにか連絡をつけて二度ほど会っていた。

最初、多津は店の売り上げを揃えて渡すと言った。亥ノ吉はそれに気をよくして、その日を待ち、多津とひそかに会った。だが、多津はのらりくらりと話をそらし、店の景気がよくないなどと金を出し渋った。

「だって、亥ノ吉の旦那があんなことをしたから、町方やらなんだか人相風体の悪いのが店のまわりをうろうろしているんだよ。そんな按配だから客足がぱたりと途絶えちまってねえ……」

「それまでの金があるだろうが。おれはそれを持ってこいといったはずだ」

亥ノ吉はそのまま絞め殺してやろうかと思ったが、店の金を管理しているのが多津だからそうするわけにもいかなかった。

「今日は五十両だけで勘弁してくれませんか。こうなると女将仕事も楽じゃないんですよ。旦那だってわかってるでしょうに」

「ご託を並べるんじゃねえ。おれはこんな端金(はしたがね)を持ってこいと言った覚えはねえ」

亥ノ吉は多津の差し出した五十両を突き返した。

「いいか、多津。おめえがいま楽に生きていけるのは、おれがおめえに店をまかせたからじゃねえか。その恩を……」

「旦那、それはよくわかっております。旦那の恩は絶対忘れはしませんよ。いつだって旦那には感謝しているんです」

多津は遮ってそう言うと、色気もへったくれもないのに、媚(こ)びを売る妙な目を送ってきた。

「気色悪い目をするんじゃねえ。とにかく二百両、耳を揃えて持ってくるんだ。それをもらったら、おれはしばらく江戸を離れる。おまえはおれがいない間、あの店を守るんだ。ときどき、使いを出して売り上げの金を取りにやらせる」

「そりゃ、かまいませんけど、二百両はすぐには出来ませんよ」

「いつなら出来る」

「三日、いや五日は待ってもらわなきゃ……どうにかやり繰りして作りますから」

「よし、なら五日待ってやる」

そう言って多津を信じたおれが馬鹿だったと、亥ノ吉はいまさらながら悔やむ。五十両も突き返さず、あのとき受け取っておけばよかった。多津はおれが追われていて、店に近づけないのをいいことに……。

「くそっ」

吐き捨てた亥ノ吉は、今日多津からもらった結び文を思い出して、歯嚙みをした。

「都合できないが、どうしても入り用なら店に取りに来いだと。あの女、人の足許を見てふざけたことを……」

亥ノ吉は独り言を言って、境内の藪からのそりと出てきた一匹の蝦蟇をにらみつけた。蝦蟇はあくびをするように口を開き、どこを見ているかわからないうつろな目を動かした。

「おまえまでおれを馬鹿にしやがるか……」

亥ノ吉は蝦蟇に声をかけた。頭上の梢で、鴉が「カァ」と鳴いた。

境内には薄い木漏れ日が射していたが、それも間もなく消えるだろう。夕暮れは近い。

ここにいつまでいてもしようがないと思った亥ノ吉は、腰をあげて、用心棒を雇おうと決めた。

「野崎みたいな弱いやつじゃなく、もっと強いやつだ」

自分に言い聞かせるようにつぶやき、境内を出た。

「用心棒だ、用心棒」

歩きながらぶつぶつ繰り言のように言う。

岡場所で女郎屋を張るには、そんな輩との付き合いも少なくなかった。しかし、そのほとんどが深川界隈に住む男たちだ。だからといって、他にあてがないわけじゃない。

亥ノ吉は妻恋坂を下りると、神田広小路に足を向けた。雨雲は少なくなっており、西の空が沈みゆく太陽に染まっている。雲の一部は薄い血のように赤くにじんでいた。

しかし、神田広小路の雑踏に入ったときには、その空もすっかり翳り、町屋には夕靄が漂っていた。

亥ノ吉は人目を避けるように町屋の暗がりを歩き、柳原土手道に出た。提灯や行灯の明かりが町屋に目立つようになっている。さらに足を進めて、両国広小路の雑踏にまぎれた。雨上がりの夜を楽しもうというのか、広場は人で溢れていた。

囃子の笛や太鼓の音にも何となく元気が感じられる。呼び込みもいつになく声を張り上げている。

亥ノ吉はそんな雑踏を抜けて、両国橋を渡った。ときどき周囲を上目遣いで見て、自分を狙う者がいないか警戒したが、いまのところ大丈夫なようだった。ともかく亥ノ吉は町方と吉原の連中に戦々恐々としているのである。

金さえあれば、一刻も早く江戸を出たいが、それができない。ともかくお町を見つけ出すまでは江戸にいなければならないのだ。

両国橋を渡り、南本所横網町に向かう。このあたりに来ると人通りが少なくなる。飲み屋や料理屋の明かりもまばらだ。

行ったのは質屋の田村屋である。時間も時間なので、田村屋は暖簾を下ろし、表戸を閉めていた。亥ノ吉は裏にまわって声をかけた。

しばらくして、裏の戸が静かに開けられた。

「おまえさんか……」

田村屋の主・金兵衛は三白眼を細めて、入れと顎をしゃくった。

うながされた亥ノ吉は店先に通された。あわい行灯が点されているだけで、薄暗い。

「町方がおまえさんのことを聞きに来たぜ」

「いつのことです？」

「今日の昼間だ」

「そうですか。それで、おれのことを何か……」

「案ずることはない。何もしゃべっちゃいないさ。だが、おまえさん、のんびりしている場合じゃないだろうに。大変な不始末をやらかしてるようじゃねえか」

「それは言わねえでください」

「……ま、深く聞くのはやめておこう。それで何の用だ？」

金兵衛は煙管に火をつけて吹かした。

「用心棒を世話してもらえませんか。腕の立つやつです」

「金はあるのか？」

裏の世界は何でも金である。もちろん、亥ノ吉は心得ているし、覚悟している。

「二十両。期限は二日」

「いいだろう。だが、何をするか知らないが、二日で足りなかったらどうする？」

「一日延びれば五両……これだけ出す腹です。半端な用心棒じゃ困ります」

金兵衛は黙り込んだまま静かに煙管を吹かした。鼻筋の通った彫りの深い年寄りで、その片頬に行灯のあわい明かりがあたっている。

「三十両出しな。それで五日縛りにしてやる」

「五日で三十両ですか……」

亥ノ吉は頭のなかで算盤をはじいた。おそらく金兵衛は十両を懐に入れ、二十両で用心棒を世話する腹だ。だが、三十両出せば文無しになる。

「金兵衛さん、おれの一生のお願いだ。二十五両で何とかやってくれ。ことがうまくいったらあとで色をつける」

「後付けの色なんざ、信用できねえ。三十両揃わないか……」

「二十五両でお願いします」

亥ノ吉は頭を下げ、畳に額をつけた。

短い間があって、金兵衛が煙管を灰吹きに置いた。

「しようがないな。よっぽど窮（きゅう）していると見た。わかった、手を打とう。五日で二十五両だ」

「助かります。それでどうすれば？　今夜か明日のうちにも手配りしてもらえると助かるんですが……」

「いくらなんでも今夜は無理だ。明日には何とかできよう」

「頼みます」

六

「あら、また雨……」

雨戸を閉めはじめたお志津が、縁側で声を漏らした。

菊之助はさっきから酒を舐めるように飲んでいるが、ちっともうまいと思わない。おまけに酔いもまわらない。これじゃ飲んでいる意味がない。

「菊さん……そんな塞（ふさ）ぎ込んでばかりいても、しかたないでしょう」

雨戸を閉め終わったお志津がそばに来て酌をしようとしたが、

「もうよしておこう」

菊之助は盃を伏せて、盆に置いた。

「食も細ければ、お酒もおいしくありませんか」

「こんなときに、がつがつ飯が食えるやつはおかしいのだ」

菊之助は酒の代わりに差し出された湯呑みを手にした。

「何もかも菊さんが悪いというわけではないのですから……そりゃ、亡くなられたおふじさんという方はお気の毒ですけれど、憎むべきはその亥ノ吉という男ではありませんか」

「……」

菊之助は黙って茶を飲んだ。お志津には今回の件を大まかに話していた。

「そりゃ菊さんが、おふじさんの死を悼む気持ちはよくわかります。だからといって、おふじさんはもう還ってはこないのです。冷たく聞こえるかもしれませんが、菊さんが悲しい顔をしていても何も前には進まないのですよ。それよりもっと大事なことは……」

菊之助は顔を上げてお志津を見た。

「何だね？」

「ほんとはそんなことしてほしくないのですけれど、こうなったからには菊さんの手で亥ノ吉という悪党を捕らえることではないでしょうか」

まさかお志津がそんなことを言うとは思ってもいなかった。菊之助は驚いて目を瞠った。

「殺されたおふじさんのためにも、また遺された藤吉さんのためにも、菊さんが最善を尽くすことがいまは大事だと思います。万が一、その亥ノ吉という悪党を逃がしたとしても、菊さんはやれることをやる。ただ、それだけではないでしょうか……」

「お志津……」

つぶやく菊之助に、お志津は凜と表情を引き締めて言葉を足した。

「落ち込んで暗い顔ばかりしていれば、亥ノ吉を捕まえることはできませんよ。菊さん、手掛かりを見つけるのです」

「お志津……まさにおまえの言うとおりだ。そうだな、わたしがいくら思い悩んでも亥ノ吉を捕まえることはできぬ」

「仕事が遅れるのであれば、わたしが先様を訪ねて、一言断っておきます」

「すまぬ、そこまで言ってくれるとは思わなかった」

「当然のことですよ。わたしは菊さんの連れ合いなのですから……」

お志津はそう言って、にっこり微笑む。

そのことで、菊之助の心にくすぶっていたものが、わずかに晴れた気がした。

「本当は秀蔵の助働きを嫌っているのではないかと思っていたのだ」

「そりゃ、本当はお断り願いたいですよ。でも、菊さんと秀蔵さんは切っても切れない仲だし、菊さんにはやはり武士の魂が宿っているのですから、わたしはとうに覚悟を決めております。ただただ、いつも無事を願うだけです」

「お志津、すまぬな。心配をかけてばかりで……」

「いいえ、そんなことはありませんよ。わたしは十分に幸せでございますから……」

「嬉しいことを……」

「ほんとよ」

お志津はまたやわらかに微笑んで、言葉を継いだ。

「今朝、みどりさんにもそのことを話してきました」

「みどりさん……あの隣の長屋の……」

「はい。うんと菊さんのことを褒めちぎってきました」

「どうしてそんなことを……？」

「だってみどりさんは年も若くて、とても美しい方です。菊さんにその気になられたら困りますし、みどりさんにも変な気を起こしてほしくありませんから、釘を刺したのです」

「釘を……」

「それが女心です」

お志津はさらりと言ってのけると、そのまま盆を持って台所に下がった。

菊之助は宙の一点を凝視(ぎょうし)して、しばらく黙り込んでいた。

静かな雨の音が聞こえる。燭台の灯心が、ジジッと短く鳴った。

「……お志津、明日も早くから家を空けることになると思うが、頼んだぞ」

菊之助が声をかけると、台所にいたお志津が振り返って、力強くうなずいた。

七

真っ暗な空に枯れ木のような亀裂が走り、一瞬、江戸の町が青い光に包まれた。

それから一呼吸置いて、雷鳴がとどろいた。

みどりは寝間に蚊帳（かや）を吊り、土間に下りて表戸を開けて空を眺めた。またぴかっと銀色の光が走り、斜線を引く雨が白く見えた。

しばらくして、また雷が鳴ったが、それは遠かった。

——今日もついに来てくれなかった……。

みどりは心の内で落胆のつぶやきを漏らした。そのとき、庇の下に置いていた鉢植えに気づき、家のなかに入れた。近づく足音がしたのはそのときだった。

もしや……と、みどりは顔を上げて、戸の外に顔を出して目を凝らした。暗がりのなかに提灯の明かりが見えた。傘をさしているので顔は見えないが、その人の近くだけが提灯の明かりに照らされている。

と、みどりの視線に気づいたのか、傘が上がり、

「こりゃどうも……」

と、愛嬌のある顔で笑いかけてきたのは、近所に住まう男だった。たしかどこかの商家の手代だと聞いていた。

「こんばんは。いまお帰りですか？」

「いや、ちょいと引っかけてきたんですよ。夕方、雨がやんだでしょう。そのま

ま降らないと思ったら、飲み屋でたたられてしまいましてね。挙げ句、雷です」

手代は酔っているらしく、ご機嫌の様子だ。

「でも、もう遠くなっていますね」

みどりはそう言って暗い空を見た。

「じきにやむでしょ。それじゃ、失礼いたします」

「お休みなさい」

手代は丁寧に辞儀をして自分の家に向かっていった。みどりはそれを見送って戸を閉めた。また、遠雷が聞こえてきたが、それはずいぶん小さな音になっていた。

居間に上がり、ぼんやりした顔で、煙管に火をつけて吸いつけた。

せっかく自由になったというのに、会えないのかしら……。でも、そんなことはないはず。手紙はちゃんと届けてある。読んでくれれば、必ずやってくるはずなのに、どうしてこないのか、それが不思議だった。どこか旅に出ているのかしら……。だったら、待っていれば、きっと来てくれるはず……。

みどりは煙管を吹かして、姉のことを思いつづけた。生き別れのようになってから、早八年。以来、一度も会ったことはないが、姉の思いは手紙を通してよくわかっていた。

燭台の炎が隙間風にふらりと揺れた。もう遠雷も聞こえなくなっていた。

みどりは煙管の灰を落とすと、燭台の火を消そうと炎に手のひらを近づけた。

「夜分にお頼みいたします」

そんな声が戸口でした。消え入りそうな遠慮がちな声だった。

「お杉さんのお宅はこちらでございますか？」

自分の本名を呼ぶ声に、はっとなった。それから戸口を振り返り、

「もしや、お松姉さん……」

言うが早いか、転びそうになりながら戸口に駆けて、勢いよく戸を開けた。

傘をたたみ、紺縞の地味な小袖を着た女が立っていた。

二人はじっと、互いのことをたしかめあうように見つめ合った。

やがて、女の唇がふるえるように動いた。

「……お杉、だね」

「そうよ姉さん、ずっと待っていたのよ。それこそ一日千秋の思いで待っていたのよ」

「ああ、よかった」

お松は胸に手をあて、心底安堵したように嘆息(たんそく)をした。

「ささ、入って」

みどりは甲斐甲斐(かいがい)しく動き、お松に乾いた手拭いを渡し、足拭きの雑巾を用意した。

「いま、お茶を淹れるから」

お松が居間に落ち着くと、みどりは台所に立とうとした。

「そんなことはいいから……」

お松はとっさにみどりの膝を押さえて、

「……ほんとにおまえなんだね」

と、みどりを食い入るように見つめた。みどりもお松の顔をなぞるように眺め、

それからそっと姉の手を取った。

姉のぬくもりが、そこにはたしかにあった。

「苦労をしたね」

「何を言うの。姉さんこそ……」

「つらかっただろうね」

お松のやさしい言葉が胸に響いた。かあっと熱い感情が胸奥からせり上がって

きて、目頭が熱くなったかと思うや、大粒の涙が頰をつたった。

「……会いたかった」

涙声で言うと、お松も涙を浮かべたまま抱きついてきた。

二人はそのまましばらく、何も言葉にすることができず抱き合ったまま涙した。耳許で姉の嬉しそうな嗚咽(おえつ)がきこえる。自分も泣いている。表から静かな雨音が忍び入ってくる。やがて二人は静かに離れ、そして微笑みあった。

「変わっているかと思ったら、お杉はまだ子供のときのままだ」

「そんなことはないわ。でも、姉さんもあまり変わっていないわ」

「何言っているのさ、もう大年増(おおどしま)なんだよ。年の分だけしわも増えたわ」

「そりゃしかたありませんよ」

そう言ってやると、お松は小さく笑った。みどりも笑った。そのことが、これまでの空白の時間を一挙にちぢめたような気がした。

お松はみどりより六歳上だった。年が離れている分、みどりはほんとによく可愛がってもらった。離れ離れになったのは、みどりが十三のときだった。

「手紙を読んでまさかと思ったんだよ」

「いつ読んでくれたの？」

「今日だよ。日が暮れたあとでね」

「やはり家を空けていたのね」

「ううん、もうあの家には戻らないつもりで、ずいぶん前に飛び出していたんだよ」

「飛び出した……なぜ？」

お松は乱れた耳許の髪を後ろにすくい、小さなため息をついた。その顔をみどりはしみじみと眺めた。

子供のころと違い、やはり肌にも疲れがある。目尻のしわも深い。みどりは子供のころから器量よしだと、褒めそやされてきたが、お松の顔は平凡な造作だった。

「わたしもお杉のようにきれいに生まれてきたかった」

というお松のぼやきを聞いたのは、一度や二度ではなかった。

「あんたの見世が火事になったと聞いたとき、気が気でなくて何度か見に行ったんだけど、ついにたしかめることはできなかった。生きているのか、死んでいるのか……それさえわからなくなった。そんなときに、わたしに運が向いてきたんだ」

お松はそれまでと違って目を輝かせた。その瞳が燭台の明かりを弾いていた。

「運……」

「そう。もし、おまえが生きているなら、いいや、きっと生きていると信じていた。そして、そうとわかったら、おまえを引き取ろうと思っていたんだよ」

「身請けを……でも、そんなお金は……」

「あるんだよ」

そう言ってからお松は、経緯を話しはじめた。

第四章　梅雨晴れ

一

「それじゃ、旦那のお金を……」

話を聞いたみどりは、目を丸くした。

「そりゃ、わたしだって見たことのない大金だったから、どうしようかずいぶん迷ったけど、魔が差すことがあるというじゃない。わたしもついそうなってしまったんだね。金を手にしたら、もう後には引けない。何も持たずにそのまま家から逃げたんだよ」

「ずいぶん大胆なことを……だけど、旦那は黙ってはいないでしょう」

「そりゃ血眼（ちまなこ）になってわたしを捜しているはずだよ。もし、見つかったら、ただではすまされないこともよくわかってる」

「それじゃ、どうするのよ？」

「あんたと逃げるのよ」

「わたしと……」

「そうよ。あんただって追われてる身じゃないのかい？」

みどりは暗い顔になって、うつむいた。

「わからない。わたしは大丈夫だと思う」

「たしかに大丈夫だといえるかい？」

「それは……」

みどりは口をつぐんだ。

火事場から逃げるとき、みどりは有り金全部を持って店を飛び出したのだが、そのときとっさに、自分が焼け死んだことにしようと思いついた。そのために、悲鳴と怒号(どごう)、紅蓮(ぐれん)の炎と煙の渦巻くなかを、決して顔を見られないように頭巾で顔を隠した。それだけでなく、

「七尾(ななお)が火のなかに！　七尾が火のなかに！」

と、大声で叫んで走った。

その声に気づいた男たちが、必死で自分の名を呼び、

「七尾が火に呑まれているぞ！」

という悲鳴じみた声をあげるのを聞いた。

そのとき、みどりはこれでわたしは死んだはずだ。以来、自分は死んだことになっているはずだと思い込んでいた。

「姉さん、わたしはもう大丈夫だと思います」

ずいぶん経ってからみどりは、顔を上げてそう言った。

「……油断しないほうがいいと思うよ。吉原の者たちが、あの火事にまぎれて足抜した女郎たちを捜しまわっているというからね」

その言葉に、みどりは心をすくませた。吉原の表と裏を知り尽くしているからこそ、それは恐ろしいことだった。

「でも、すぐに逃げるということは……」

みどりはそこまで言って、そうだ、姉さんのことがあると思い至った。

「姉さんはどうしようと思うの？」

「わたしは明日にでも江戸を離れたいに決まっているさ。もし、あの旦那に見つかったら殺されかねないからね」

「そんなにひどい人なの……？」

「普段はそうでもないけど、恐ろしい人だよ」

「そう、それじゃじっとしていられないわね。でも、二、三日考えさせてくれないかしら……この家から出なければ、姉さんも心配ないと思うけど……」

「二、三日……」

言葉を切ったお松はしばらく考えてから、みどりを見つめなおした。

「おまえがそう言うのならしかたないね。……でも、ほんとに大丈夫なのかい？」

「わたしが廓にいたことは誰も知らないし、名もみどりと変えているわ。それに、化粧もしていない。廓にいたときはいつも厚い白塗り化粧だったから、わたしの素顔を知っている人は、ほとんどいないの」

みどりは七尾という花魁だったが、身のまわりの世話をする新造(しんぞう)や禿(かむろ)にも滅多に素顔を見せることはなかった。だから、素顔を見ても気づく者はいないはずだった。

「おまえが、そこまで言うなら……」

お松は言葉を切って、唐紙(からかみ)に映る自分の影を見てから言葉を足した。

「……それじゃ、よく考えておくれ」

「わかりました」

みどりは返事をしてから、お松に茶を淹れてやった。

「それにしても、どうやってわたしの手紙を……？　姉さんは家から逃げたんでしょう」

聞かれたお松は、湯呑みから顔を上げて答えた。

「逃げたあとで、あんたを捜しに吉原に行ったと話したでしょ。結局、わからずじまいだったけど、もしや手紙が届いているかもしれないと思ったんだよ。それで、危ないのを承知で家に戻ってみると、案の定おまえの手紙が届いていたのよ」

「そうだったの……。それまではどこに？」

「千住（せんじゅ）の旅籠に隠れるようにして泊まっていたのよ」

「ともかく穏やかじゃないわね」

「ほんとだね……」

お松はまるで他人事（ひとごと）のように言って茶を飲んだ。

二

夜のうちに雨は霧状に変わり、その朝は薄い雲の向こうに丸くぼやけた太陽を見ることができた。この時期は日の出が早く、いつもより早い時分には明るくなっている。もっとも天気がよければの話だが、それでも江戸の住人は早起きだ。

菊之助が井戸に行き顔を洗っていると、

「今日は天気がよくなりそうだね」

と、声をかけてくる者がいた。

「ほんとに、そろそろすっきりしてほしいもんだね」

声を返す菊之助は、手拭いで顔を拭きながら空をあおいだ。雲が急速な勢いで流れている。天気が回復するのかもしれない。

家に帰っても、菊之助はお志津とぐずりっ放しの天気の話をして、朝餉(あさげ)の膳についた。亥ノ吉の件については、昨夜よく話したので、二人とも避けるように口にしなかった。

お志津はよく理解をしてくれているし、菊之助もお志津の気持ちがわかっている。ただ、普段(いつ)になく会話は乏(とぼ)しいものになった。

「朝早くにすいません。寛二郎でございます」

秀蔵の小者・寛二郎が訪ねてきたのは、菊之助が朝餉を終えたときだった。

「ずいぶん早いな。入れ」

菊之助にうながされた寛二郎は、框の前まで来て秀蔵から言付けがあると言った。

「なんだ」

菊之助がそばに行くと、寛二郎はお志津を気にして声をひそめた。

「へえ、例の件ですが、もう一度亥ノ吉の身辺をよくよく調べなおすので、今日のところは、加勢はいらないということです」

「そうか……」

「横山の旦那は何かわかり次第、連絡(つなぎ)をとると申されております」

「わかった」

菊之助が返事をすると、寛二郎はそのまま帰っていった。

「寛二郎さん、お茶ぐらい飲んでいけばよかったのに……」

菊之助が振り返ると、台所に立っていたお志津がつぶやいた。

「そんな暇はないのだろう。……聞こえたと思うが、今日は仕事をしよう。茶をくれないか」

一服して家を出たときには、霧雨は上がり、雲の間から日が射してきた。青葉を濃くした長屋の木々も日の光を嬉しそうに浴び、しっとり濡れた枝葉からしずくを垂らしている。鳥たちの声も騒がしく、陽気そうに聞こえた。

仕事場のある北側筋に入ると、女房連中が出職の亭主たちを忙しく送り出していた。いつもの平穏な長屋の風景がそこにあった。

仕事場に入った菊之助は、いつものように仕事の支度にかかった。水盥と半挿に水を入れ、蒲の敷物に座り、砥石を並べ、晒で巻いた包丁を取り出す。

一本目を手にすると、刃先を親指の腹であたり、さっと水につけ、中研ぎからはじめる。気を使うのは硬い鋼と、やわらかい地金で出来ている鎬の部分だ。地金を研ぎすぎると、そのぶん鎬が広くなり形が崩れる。そうならないように丹念に研いでゆく。

ある程度研ぐと、小刃を引き刃先を整える。研いでいるのは片刃包丁で、両刃包丁になると少し要領が変わってくる。

小刃を引くうちに返りが出てくる。この返りを研ぐだけで、切れ味はよくなるが、さらに仕上げ砥を使い、刃先を少し立て気味に研ぎ、鋼の部分だけを研いでゆくと、そのうち小刃が消える。最後に返りを軽く研いで出来上がりだ。

口で言うのは簡単だが、切れ味鋭く研ぐには経験と勘がものをいう。それも手と指先の感触だけでわかるようになると本物だ。

菊之助は研ぎ音が好きだった。包丁と砥石が合わさって生まれるかすれた音は、何とはなしに心を落ち着かせてくれる。集中するうちに世俗のことを忘れ、無我の境地に入ることもできる。

丁寧に四本を研いで、一息入れた。とたん、現実に引き戻され、亥ノ吉のことや妻を亡くした藤吉のことが頭に浮かんだ。秀蔵の調べも気になる。

「ごめんくださいまし」

ぼんやり考え事をしていると、開け放している戸口で声がした。顔を向けると、日の射してきた路地を背にした若い女が、やわらかな笑みを浮かべて辞儀をした。

「隣の勘右衛門店に越してきたみどりと申します。荒金様でいらっしゃいますね」

「いかにも、さようですが……」

菊之助はみどりの何とも華やいだ笑顔に、言葉を呑んでしまった。化粧もしていないのに、その肌は皮を剝いた葱のようにつややかで白かった。

「おかみさんのお志津さんにはご挨拶をしているのですが、旦那様には挨拶が遅れまして気にかかっていたのでございます」

先日、長屋の前ですれ違ったことは覚えていないようだ。

「いや、話は聞いていますよ。見てのとおり汚いところですが、さ、遠慮せずお入りください」

「それじゃ、失礼いたします」

そう言って敷居をまたいだとき、緋色の蹴出しといっしょに細くて白い足首がのぞいた。普段そんなところに目のゆく菊之助ではないが、得もいわれぬ色気を感じた。

また、みどりは美しいだけではなく、人を惹きつける魅力を兼ね備えている。昨夜、釘を刺してきたと言ったお志津の言葉がいまになってよくわかる気がした。

「あの、何か……？」

見惚れたような顔をしていると、みどりが首をかしげた。

「……何でもありません。どうぞおかけください」

「いえ、すぐに失礼しますので……。お志津さんには、いろいろとお気遣いいただき感謝しております。大事な教本をいただいたんでございますよ」

「そうでしたか。どうぞ役に立ててください。みどりさんは、何でも下谷のほうから越してこられたそうな……」

「ええ、思い切って店を畳んで来ましたの」

「しかし、ご亭主に先立たれたとか……」

みどりは外した視線を泳がせて、薄く紅を引いた唇を軽く噛んだ。何かを誤魔化すようにも見えたが、菊之助は悪いことを思い出させたと思い、慌てて言葉を足した。

「これは失礼なことを申しました。お許しください。おそらく悲しみもまだ癒えておられないのであろう……」

「いいえ、もう心の整理はついておりますので……でも、荒金さんは、もしやお武家の出では？　なんだかお話しぶりからそうではないかとお察しするのですが……」

この問いに、菊之助は苦笑いを浮かべて答えた。

「親はしがない郷士でした。ですからわたしには仕官の口もなく、こんな暮らしをしております。これも無常転変の浮世のことです。そういうみどりさんも、お武家の出とか……」

「は、はい。ですが、もうそのことは……」

何かわけありなのだろうか、みどりは視線を外して横顔を見せた。口に薄い紅を引いているだけなのに、この女には素顔でも人の目を惹きつけて離さない美しさがあった。

「ともかく、お若いのに手習い指南とは感心です。どうか今後ともお付き合いください」

「はい、それはこちらこそお願いするところでございます。ですが、ひょっとすると、また越すことになるやもしれません」

「はたまた、それはどうして？」

菊之助はわずかに目を見開いた。

「じつは姉が訪ねてまいりまして、いっしょに暮らすことになるかもしれないのです。もしそうなると、また越さなければなりません」

「そうですか……それはまた忙しいことに……。いや、人にはいろいろ事情がおありでしょうから、引き留めはできませんが、残念なことです」

「でも、まだそうと決まったわけではありませんし……」

みどりは悩ましげな顔をして、口許に自嘲の笑みを浮かべた。

「それじゃ、越されないことを祈っておきましょう」

菊之助も笑みを返した。

みどりはまたお邪魔すると言って、すぐに帰っていった。菊之助はひとりになってもしばらく、みどりの顔を瞼の裏に浮かべていた。

ふと戸口の向こうの空を眺めると、雲の間に真っ青な空が広がっていた。藤吉の女房・おふじの葬式が今日であることを思い出した。おふじの死に責任を感じている菊之助は、相手には迷惑かもしれないが、遠くからでも野辺送りをしてやりたいと思った。

研いだ包丁を晒で包むと、着替えをするために家に戻ることにした。

三

亥ノ吉は約束の刻限、五つ半（午前九時）ごろに、回向院山門前に立った。田村屋金兵衛に頼んだ用心棒はすでに来ていると思ったが、まだである。亥ノ吉は人目を避けるために菅笠を目深に被っていた。

昨日までの雨が嘘のように、今日はいい天気だ。たっぷり雨を吸った境内の紫陽花が日の光に鮮やかである。空気も澄みわたっており、はるか遠くには富士を眺めることもできた。亥ノ吉は山門脇の石に腰をおろして、懐から煙草入れを取り出した。

頭上で弧を描いている鳶(とんび)が、ときどき笛のような声を降らしてきた。

亥ノ吉は煙管を吹かしながら、金兵衛もあくどい商売をするものだとあきれる。昨日二十五両で話をつけたが、金兵衛はただ用心棒を紹介するだけで五両の儲(もう)けなのだ。もっとも誰にでもできる仕事ではないが、江戸を離れたら他国で同じことをやってみようかと思う。

悪くはないだろう……。

勝手な思いをめぐらして煙管を吸っていると、六尺(約一八二センチ)はあろうかという男が現れた。髭も月代(さかやき)も剃(そ)っておらず、胸元を大きく広げていた。腰には大刀を落とし差しにしていた。

「亥ノ吉とはおぬしのことか？」

男はつかつかと歩み寄ってきて、太い眉を動かし、ぎょろりと大きな目でねめつけるように見下ろしてきた。体の大きさに合わせるように、声も野太かった。

「金兵衛さんの紹介ですかい？」

亥ノ吉は煙管の灰を落として腰をあげた。

「やはり、おぬしがそうか……」

「名は何とおっしゃいます？」

「北村源信だ」

「北村さんですね」

「うむ。それで何をやればいい？」

「それは……」

亥ノ吉はまわりを見まわした。人の姿はなかったが、

「立ち話もなんです。どこかで茶でも飲みながら」

と、誘った。源信は黙ってついてくる。

亥ノ吉はまさかこんな大男が来るとは思わなかったが、見るからに強そうだ。

回向院を離れると、両国橋東詰にある垢離場そばの茶店に入った。葦簀張りの粗末な店で、表の長腰掛けに並んで腰をおろした。

目の前の大川は日の光をまばゆく照り返し、雨の日には見なかった舟が上り下りをしている。ただ、水嵩を増している川の水は、いつもと違い黄色く濁ってい

た。

「お町という女を捜したいんです」

茶を運んできた小女(こおんな)が下がってから亥ノ吉は口を開いた。

「お町……何者だ？」

「わたしの囲っていた女でしてね。わたしの大事なものを持ち逃げしているんです。何としてでも、それを取り返さなきゃなりませんで……」

「そんなことでおれを雇ったのではなかろう。どうせろくでもないやつらに追われているんだろう。話せ」

源信は横目でにらむように言って、胸のあたりをゴシゴシかいた。硬そうな胸毛がもじゃもじゃ生えていた。

「おれを追っている吉原の連中がいるんです」

「吉原の連中だと……」

源信は大きく眉を動かした。

「それから町方にも……」

「けっ、おめえはどうしようもねえ野郎だな。いったい何をしやがった？　田村屋もそのことははっきり言わなかったが……」

亥ノ吉は言うべきか黙っているべきか迷った。

「……いずれ話しますよ。とにかく、おれを守ってくれりゃいいんです」

亥ノ吉は口調を変えて言ったが、源信は何も言わず茶を飲み、ふんと、鼻を鳴らした。

「……ま、いい。おれは金をもらえればいいんだ」

「それじゃ、前金で十両」

懐から包み金を取り出して渡した。残りは仕事のあとだと言った。源信は面白くなさそうな顔をしたが、受け取った金を懐にねじ込んだ。

「それで、最初に何をすりゃいい」

「ともかく女捜しです。女さえ無事に捕まえれば、北村さんのお役目は終わりってことです」

「捜す女の居場所に心当たりはあるのか？」

「……いえ、それが見当つかないんで困ってるんです」

「あきれたやつだ。その女はどこから逃げた？」

「おれの借りていた家からです」

「どこだ？」

「湯島です」

「だったら、そこからあたればいい」

「いや、もうあの家に帰ってくるわけがありません」

「それはわからぬだろう。どこに逃げたか、何か残してるかもしれぬだろう」

「いやあ、そんなことは……」

ない、と思う亥ノ吉だが、言われてみればそうかもしれないとも思う。

ただ、気になるのは町方や、吉原の連中に嗅ぎつけられているかもしれないということだ。お町はあまり器量のよくない女だったので、誰にも教えていないが、もしものことを考えて、湯島の家に近づくのは避けてきた。

もうひとり、お巻という女も囲っていたが、こっちは店の者にも、近所の者にも知れ渡っていたので、絶対近づいてはならなかった。

「どうするんだ？　ひょっとすると女が帰っているかもしれぬだろう」

「まさか、そんなことは……ですが、行くだけ行ってみましょう」

亥ノ吉は腰をあげて、菅笠を被った。

「盗まれた大事なものってえのは何だ？」

店を出てすぐ、源信が聞いてきた。

「……まあ、ちょっとしたもんです」

まさか金だとは言えない。そんなことを教えたら、吹っかけられるのが落ちだ。

「ちょっとした大事なものか……用心棒まで雇って取り返したいとなれば、それなりの金目のものだろう」

「まあ、それはおいおい……」

亥ノ吉は深く詮索されるのを嫌うように足を急がせた。両国橋を渡り、両国の雑踏を抜け、神田川沿いに歩いた。歩きながらこの男、まさか見かけ倒しではあるまいなと訝った。体は大きいが、いざとなればからきし腕が立たないということがままある。

「北村さんは、どこで修行を……」

「ほうぼうだ」

「人を斬ったことは？」

源信がじろりとにらんできた。それから刀の柄を軽く手のひらでたたき、

「こいつは人の血をよく吸っている。おまえも油断するな。血の好きな刀だからな」

そう言って、呵呵と笑った。

お町を囲っていた家は、湯島一丁目にあった。信濃を殺して以来、立ち寄っていない。家の近くまで来た亥ノ吉は、菅笠の陰で目を光らせ、周囲の人間に目を配った。あやしげな者はいないような気がする。

町屋の表通りは人の往来が多いが、一本脇道に入ると、竹馬で遊んでいる子供たちがはしゃいでいるぐらいで、のんびりした空気が流れていた。

家は六畳と四畳半に、炊事場があるだけの小さな家だ。片側に狭い植え込みがあり、不如帰（ほととぎす）が鳴いていた。

「ここです」

亥ノ吉は戸口の前に立って、源信を振り返った。

「女は帰ってないようだな」

雨戸は閉まったままだし、戸口の板戸も閉めてある。亥ノ吉はまず板戸を引き開けた。戸は二重になっているので、さらに腰高障子を引き開けた。外の光が狭い三和土に射し込み、奥の炊事場がぼんやり見えた。

亥ノ吉が草履を脱いで居間に上がると、源信もつづいた。その瞬間だった。隣の襖が音もなく開き、二人の男が現れた。その手にはすでに抜き身の刀が握られていた。

亥ノ吉はギョッと息を呑んで、立ちすくんだ。

四

「どけッ！」

襲いかかってくる白刃に、棒立ちになった瞬間、亥ノ吉は横から強い力で突き飛ばされた。そうしたのは源信である。亥ノ吉は勢いあまって障子にぶつかって倒れた。慌てて起き上がったとき、源信の刀がひとりの腕をすくい上げに斬るのが見えた。

「うぐっ……」

斬られた男はそのまま、横に転んで炊事場の土間に倒れ込んだ。

亥ノ吉は柱にしがみつきながらも、その男の刀を奪おうと考えたが、男は顔をゆがめ、斬られた腕を押さえながらも刀を放そうとはせず、いまにも飛びかかってきそうな目でにらんできた。

結局、亥ノ吉は何もできず、柱にしがみついたまま、斬られた男に注意の目を向けながら源信の戦いぶりを見ているしかなかった。逃げようと思うが、足がすくんでしまっていたし、戸口に行くには源信ともうひとりの戦いの場をくぐり抜けなければならなかった。炊事場の先に裏口があるが、そこには腕を斬られた男が牙を剝く獣のような顔でうずくまっている。

源信は襖や障子を蹴倒し、待ち伏せしていたもう一人の男と刃を交えていた。だが、狭い屋内であるがために、自由に刀を振り抜くことができない。

源信は、敏捷に逃げては反撃する相手に往生していた。その男は牛のようにがっちりしており、二の腕と両足には見るからに逞しい筋肉がついていた。

がつっ。

源信の刀が柱に食い込んだ。相手はその隙を見逃さず、鋭い突きを送り込んだ。

亥ノ吉は、はっと息を吞んだが、源信は自分の左胸を刺し貫きにきた刀の切っ先を、半身を反らしてかわすなり腰を落とし、柱から引き抜いた刀で相手の足を払い斬りにいった。

だが、敵もさる者で、身軽に跳躍して横に飛ぶなり、倒れた襖を蹴り上げた。

源信の視界が襖で遮られたが、源信はそれを一刀両断にした。

敵は腰を低めて、青眼に構えなおしていた。

「てめえら、何者だ……」

源信が低くうなるような声を発した。

相手は答えない。薄闇のなかで凶暴な目を炯々と光らせているだけだ。

「先に手を出したのはてめえらだ。おれは遠慮しねえぜ」

源信は無言の相手に向かって、すり足で間合いを詰めた。相手はそのぶん、後ろに下がった。さっと、源信が牽制の突きを送り込むと、相手はさらに後ろに下がり、炊事場でうずくまっている仲間と亥ノ吉を見た。

「退くんだ」

相手は源信が容易ならざる敵だと思ったのか、仲間にひと声かけるなり、雨戸に体当たりをして、そのまま表に飛び出していった。腕を斬られていた男も、あとを追うように裏口から駆け出していった。

破られた雨戸から外光が射し込み、閉め切られていた家のなかをにわかに明るくしていた。

「くそッ、逃げられたか……」

源信は刀に血ぶるいをかけ、左手の親指と人差し指を使い、かすかについていた血糊を拭き取って鞘に納めた。

柱にしがみついていた亥ノ吉は、恐怖でからからに渇いていた口のなかの生つばを、どうにか呑み込むと、腰を抜かしたように、その場にへなへなと尻を落とした。

「どうやらおまえさん、本気で命を狙われているようだな」

源信は炊事場に下りると、柄杓(ひしゃく)を使って水瓶の水を飲んだ。それから口のあたりを手のひらでぬぐい、

「ありゃ町方じゃなかった」

と、顎の無精髭をぞろりと撫でた。

「きっと、吉原の者ですよ」

亥ノ吉はやっと声を出すことができた。

「吉原……。おい亥ノ吉、正直に言いやがれ。てめえ何をしでかした？　吉原の連中が動くってことは尋常じゃねえぜ」

「この前、吉原が火事になったのは知ってますか？」

「誰でも知ってることだ。それがどうした？」

「あのとき足抜した花魁がいるんですが、そいつの首を絞めて殺しちまったんです」

「なぜ、殺した？」

亥ノ吉は観念した。この男は頼りになるし、腕が立つというのがたったいまわかった。味方につけておかなければならない。

「正直にいいますが、用心棒はやってもらいますよ」

「……言え」

源信はどすんと上がり框に腰をおろして、亥ノ吉をにらんだ。

亥ノ吉は信濃を殺してからのことをかいつまんで話した。

源信は顎鬚を、ぴっ、と引き抜きながら、黙って耳を傾けていた。ときどき不如帰の鳴き声が聞こえてきた。

「それじゃ、三人も殺しているってわけか……とんだ悪党だな」

話を聞き終えた源信は、あきれたように言った。

「それに牢破りをしたとは……」

「寝返ったりしないでしょうね」

亥ノ吉は源信の心をのぞき込むような目をした。

「ふん、どこに寝返るってんだ。まともに生きてりゃ用心棒稼業なんかしてねえさ。もっとも、もっと金を出すっていうやつがいれば、そっちに寝返るかもしれねえが……」

「もう金は払ってあるんです」

「半金だけだ。おい亥ノ吉、そのお町ってやつが持ち逃げしたのは何だ？　おまえは命を狙われながらも、それを取り返そうとしている。よっぽど値打ち物なんだろう。隠していたって、お町を見つけりゃどうせわかることだ。下手な嘘をおれについていたら、黙っちゃいないぜ」

源信は太い腕をぐっと伸ばして亥ノ吉の襟首をつかみ、鼻と鼻がくっつかんばかりに顔を寄せた。

「言え。持ち逃げされたのは何だ？」

「……か、金です」

言うしかなかった。この男には逆らえない。

「いくらだ？」

「……さ、三百五十両です」

「なんだと……」

源信は大きな眉を動かして、ぎょろ目を瞠った。それから亥ノ吉を突き放し、

ははは、と短く笑った。

「面白え……そういうことだったか。なるほど」

頰髯をぞろりと撫でた源信は、急に真顔になった。

「亥ノ吉、おれはこの腕にかけて、おまえさんを守ってやる。その代わり、取り返した金は山分けだ。いいな」

「そ、そんな……」

「命がなけりゃ、金の使い道はないんだぜ。そのことをよく考えてみな。金を手にする前に殺されるか、うまく生き延びて金を手にするか……」

源信はにやりと笑った。亥ノ吉は太いため息をついた。

「……わ、わかりました」

「よし、決まった。そうとなりゃ、こんなとこにいつまでもいるわけにはいかねえ。さっきのやつらが、仲間を連れて戻ってこないともかぎらぬからな。さ、亥ノ吉、お町って女がどこへ逃げたか、その手掛かりを探すんだ」

二人は家探しをはじめた。

五

藤吉の妻・おふじの亡骸は、店からほどない霊巌寺（れいがんじ）の墓地に葬られた。僧侶の読経が晴れ渡った空に広がるなか、藤吉以下十数人の参列者は、静かに手を合わせていた。

菊之助はその様子を離れたところから見守り、深々と一礼をして墓地をあとにした。

鳶の舞う空をあおぎ、考えたことがあった。亥ノ吉を追う手掛かりは、秀蔵と話したとおり、お町という女だろう。その女を知っているのは、半次郎という船頭である。

秀蔵がすでに聞き込みをしているが、菊之助は自分も話を聞いてみようと思った。半次郎が話し忘れたことや、あとで思い出したことがあるかもしれない。無駄を承知で訪ねることにした。

半次郎が勤める壱船という船宿は、松井橋の近くだった。本所松井町一丁目と二丁目をつなぐ橋だ。小名木川に架かる高橋を渡った菊之助は、そのまま竪川のほうに歩いた。

亥ノ吉の身辺を調べなおしている秀蔵は、何かをつかんでいるだろうか……。

今回は探索にあまり手間をかけられないのはわかっている。それに亥ノ吉は命を狙われたばかりだし、林蔵から三十両を都合してもらっている。すでに江戸を去っているかもしれない。たとえそうだとしても、やれるだけのことはやらなければならない。

自分を戒める菊之助は、くっと唇を引き結んだ。

船宿・壱船は竪川と小名木川をつなぐ六間堀川を少し入ったところにあった。舟は竪川沿いの松井町河岸につながれており、船宿は別に独立した恰好だ。

半次郎のことを訊ねると、もうすぐ戻ってくるということだった。菊之助は二階の客間に上がって待つことにした。窓から明るい日射しに輝く竪川と、本所一帯の町屋が望めた。ずっと向こうの空に、ぽっかりと白い雲が浮かんでいる。

客間となっている座敷には、菊之助ひとりだけで、他の客はいなかった。茶を一杯も飲まないうちに、階段を上がってくる足音がして、

「荒金さんですか……？」

と、ひょっこり現れた男がいた。股引に脚絆、尻端折り、首に豆絞りの手拭いをかけていた。

「半次郎か？」

「へえ」

半次郎はそばにやって来るなり、

「亥ノ吉の旦那のことでしょう」

と、察しのいいことを言う。

「横山という町方にも話を聞かれているだろうが、お町という女のことを知りたい。その女と亥ノ吉はどんな間柄に見えた？」

「どんなと言われても……」

半次郎は手拭いで顎の下をぬぐい、思案顔になってつづけた。

「何と言いますか、傍目（はため）には夫婦に見えたかもしれませんね。お町さんは何かと亥ノ吉の旦那に気を使っておりましたし……」

「おまえさんはどう思った？」

「そりゃ、夫婦とは思いませんでしたよ。最初は下女ではねえかと勘繰りましたが、二人のやり取りを、いえ、やり取りといってもそんな長話をしたんじゃありませんが、こりゃ男と女だと思いました」

「どんな女だった？」

「あまり目立たない女です。どちらかといえば世話女房っぽい女でした」

顔や姿にこれといった特徴はなかったと、半次郎は付け足した。

「船に乗せたのは二回ほどだと聞いたが……」

「へえ、向島と中洲に送っていったことがあります」

「向島と中洲……。送っていっただけか？」

「そうです」

菊之助は一度窓の外に目を向けてから、質問を変えた。

「亥ノ吉の家はこの近くだったな」

「要津寺の門前です。番所の役人の調べが入ってから、家は大家に取り上げられて、いまは空き家になっております」

「家財道具はどうしたんだ？」

「大家が適当に始末したと耳にしました。人殺しをした人の家ですからね」

菊之助はぬるくなった茶に口をつけた。

「亥ノ吉は湯島に通っていたんだな。それも、お町という女の家に……」

「おそらくそうだったはずです」

お町の家は湯島、あるいはその近くにあったと考えていいだろう。

「これから湯島まで乗せていってくれるか？」

「ようござんすとも」

船着場に行き、半次郎の舟に乗った菊之助は、これで何か閃くかもしれないと思った。

舟は大川に出ると、流れに逆らいながら両国橋をくぐり抜けた。雨で濁っていた川の水は、いつもの透き通った清らかさに戻っていた。行き交う舟も普段どおりだ。

半次郎が川底に棹（さお）を突き立てるごとに、舟はぐいっ、ぐいっと力強く進んだ。柳橋（やなぎばし）を抜けて神田川に入ると、流れがゆるくなる。菊之助を乗せた舟は、すいすいと気持ちよいぐらいに進む。

舟に揺られているうちに疑問が浮かんだ。なぜ、亥ノ吉は湯島のほうまで通ったのか？　もちろん、女を囲っているからであろうが、亥ノ吉は妻帯していなかった。それなら自分の家に住まわせてもよかったのではないか。さらに、秀蔵らの調べで小島屋の女将・多津も他の女郎たちも、亥ノ吉の囲っていたお巻以外の女のことは知らなかった。

つまり、亥ノ吉はひそかにお町と付き合っていたことになる。菊之助の頭に、即座に浮かんだのは、密通である。

お町は誰かの女房だった。だから、誰にも口外せず密会していたのかもしれない。もちろん、あくまでも憶測であり、実際のところはわからない。

「旦那、ここです」

半次郎が昌平河岸に舟をつけて言った。対岸は淡路坂で畔から崖にかけて葦やすすきが茂っていた。

舟を降りた菊之助は河岸地に立って、あたりを眺めた。目の前は湯島横町で、その奥が湯島一丁目となっている。

もしお町が人の女房だとすれば、亥ノ吉は家を借りていたかもしれない……。こうなったからには虱潰しに家主をあたるしかない。菊之助は近場の湯島横町から聞き込んでゆくことにした。

江戸市民は店借りをするときには、必ず店請証文を家主に提出しなければならない。だから、家主をあたれば、どこに誰が住んでいるかすぐにわかる。

二人、三人と家主を訪ねてゆくが、結果は芳しくなかった。結局、湯島横町に亥ノ吉の借りた家はなかった。つぎに湯島一丁目に入った。

家主を訪ねているうちに、別の考えも浮かんだ。もし、お町が独り者なら、お町の借りている家に亥ノ吉が通ったとも考えられる。そうなると、家の名義はお町だ。もう一度湯島横町をあたりなおすべきだが、まずは手近なところからすますことにした。

ところが、湯島一丁目に入って三人目の家主を訪ねると、

「亥ノ吉さんだったら、うちが貸したんですよ」

と、答えた家主がいた。

深川仲町にある小島屋の主かと問えば、そうだと力強く家主はうなずいた。

「貸したのは長屋ではなく、一軒家ですよ」

そう言う家主に、菊之助は場所を訊ねた。

六

亥ノ吉の借りていた家は、家主の家から半町ほど行ったところにあった。長屋と違い、一軒家は庶民にとって高嶺の花だが、小さな家でしかない。だが、妙なことにその家に近づくと、縁側の雨戸が一枚、狭い庭に外れて落ちていた。

「もし……お侍さん」

玄関に足を向けたとき、ひとりの男に呼び止められた。隣に住む者だと自分のことを言って、その家は留守だと教えてくれた。

「それはわかっている」

「そうですか。でも、おかしなことがあったんです。さっき、この家で騒動がありましてね。何事かと驚いて、見に来ると、二人の浪人が慌てふためいた様子で飛び出してきたんです。ひとりは腕に怪我をしているようでした」

「なに……」

菊之助は眉宇をひそめた。

「喧嘩でもあったのかと思ってこわごわ見ているんです。ひとりはここにちょいちょい来ていた亥ノ吉って旦那ですが、もうひとりは体の大きな浪人でした」

菊之助はこめかみを、ぴくっと動かした。亥ノ吉はまだ江戸にいたのだ。

「亥ノ吉がいたというのはたしかか？」

「へえ、この目で見ましたから。何やら家のなかで、探し物をしているふうでしたが、小半刻もせずに、どこかに行ってしまいました」

「聞くが、ここにお町という女はいなかったか？」

「へえ、亥ノ吉さんの妾でしょう。いましたよ」

「そのお町の行き先を知らないか？」

「いえ、それがぱたりと姿を見なくなりましてね。どこか旅にでも行っているんじゃないかと、近所の者と噂をしていたんですよ」

お町の姿が見えないという噂が流れたのは、四、五日前からららしい。つまり、その少し前からお町は家を空けていると考えられる。

「亥ノ吉がここにいたと言ったが、どこへ行ったか聞いていないか？」

「何も聞いておりませんが……お侍さんはいったい、何をお知りになりたいので？」

男は亥ノ吉が何をしでかしているか知らないようだ。ざっと教えてやると、男は目を団栗のように見開いて驚いた。

「あの人が、殺しを……それじゃ、あなた様は御番所の旦那で……」

菊之助は説明するのが面倒なので、曖昧にうなずいた。

「こ、これはとんだご無礼をしました。それにしても、あの人が……」

ああ、恐ろしやと、男は身震いをした。

菊之助は親切なことを教えてくれた男に礼を言って、家を探ってみることにした。玄関の戸は閉まっていずすぐに開いた。狭い三和土に立って、目を瞠った。

家のなかはまるで嵐の去ったような惨状だった。障子や襖は倒れて破れているし、煙草盆がひっくり返っている。茶棚や簞笥の抽斗はすべて引き出されていた。

菊之助は居間に上がると、周囲に目を凝らした。畳に血痕（けっこん）があった。さらに柱に真新しい刀傷。乱闘があったのは言うまでもない。

炊事場に下り裏口を見ようとしたとき、またもや足許に血痕があるのに気づいた。居間の血痕は、畳が血を吸っていたが、こっちのは血だまりとなっており、外光を照り返していた。怪我をしていたという浪人のものだろう。

裏の勝手口から外をのぞいたが、目に留まるものはなかった。菊之助はもう一度家のなかをあらためたが、亥ノ吉やお町の行き先につながるようなものは何もなかった。

そのころ、亥ノ吉と北村源信は、湯島一丁目からほどない神田明神下にある一膳飯屋の片隅で向かい合っていた。

「よく思い出すんだ。お町が話していたことや、知り合いのこと、親兄弟のこと……何でもいい。何しろ大金がかかっているのだからな」

源信にさっきから同じようなことを繰り返し言われている亥ノ吉は、腕を組んで考え込んでいた。

目の前の膳には、焼いた鰺（あじ）の開きと納豆にみそ汁が、中途半端に残っていた。

源信はすでに平らげており、茶を飲んでいた。

「お町の生まれは、三河島村(みかわしまむら)だったはずです」

「それじゃ、千住(せんじゅ)のほうだな」

「ええ」

「他に何かないか？」

「そうですね……」

亥ノ吉は一心に考える目をしながら、冷たくなったみそ汁をすすり、飯を口に入れた。

「おまえの他に男がいたなんてことはどうだ？」

「おれの他に……あいつが密通していたと……」

亥ノ吉は飯碗を宙に浮かせたまま、格子窓越しの明かりを受け、顔に縞(しま)を作っている源信を見つめた。

「いや、お町がおれを裏切ったようなことはないはずです。ましてや男がいたなんてことは、とても考えられません」

「だが、最後にはおまえの金を盗んだのだ。女ってやつは気が許せねえからな」

「まったくです」

亥ノ吉は飯をがっついた。お町に対する怒りがまたぶり返してきた。金を持ち逃げしたことにも腹が立つが、こんな用心棒を雇う羽目になったことにも腹が立つ。おまけに、無事金を取り返したとしても、源信は半分を横取りする気だ。いや、ひょっとするとこの男、自分を殺して独り占めするつもりかもしれない。

どこまでついていないんだと、胸の内でため息をついた。

ところが、ふと思い出したことがある。

「……店だ」

「店？　どこの何という店だ？」

口を半開きにしていた亥ノ吉は、源信を見た。

「お町は横山町の料理屋で仲居をやっていた女で、そのときに仲のよかった女がいたんだ。……そうだ、何という名だったか……」

「………」

源信は身を乗り出して、亥ノ吉のつぎの言葉を待った。

「自分のことを何でも知っているのはその女だと……たしかそんなことを言っていた。世の中で一番頼れる女だと……」

「名は何と言う？　よく思い出すんだ」

「北村さん、ちょっと待ってください。そんなに急かされると、思い出せるものも思い出せなくなっちまう」

文句を言われた源信は、仏頂面で身を引き、爪楊枝をくわえた。

「なら、黙っているから、よく考えるんだ」

「だから、そんなことを言うから……黙っててくださいよ」

亥ノ吉は苦言を呈しながら必死に記憶の糸をまさぐりつづける。

窓外の庇に番の燕が巣を作っており、さっきから鳴き声がしていた。

「……お君だ。たしかそうだ」

ようやく思い出してつぶやくと、源信がまた身を乗り出してきた。

「その女はまだ店にいるんだろうな？」

「それは行ってみなきゃわかりませんで……」

「よし、ぐずぐずしておれん。これから行くんだ。おい亥ノ吉、勘定をしろ」

七

菊之助が背後に妙な気配を感じたのは、八ツ小路を抜け、須田町に入って間もなくだった。だが、この往還は人通りが多く、振り返っても別に不審を感じる人は見あたらなかった。

おそらく気のせいだろうと、そのまま家路を急いだ。

朝のうち、空は晴れていたが、またもや雲行きがあやしくなっていた。はっきり雨雲とわかる黒雲が急速な勢いで、西のほうから空を覆いはじめているのだ。

そのせいか、町を歩く人々の足が速くなっていた。

大伝馬町を過ぎたとき、ついにぽつんと雨が頬をたたいた。これはいかぬと、心中でつぶやいた菊之助は堀留町を抜ける道に入った。

そのとき、背後にまたもやいやな気配を感じた。振り返ると、編笠を被った二人の男が近づいていた。顔は編笠のなかに隠れており表情はわからないが、二人とも剣呑な空気を纏っている。

何者だ……？

胸の内でつぶやきを漏らした菊之助は、いざという場合に備え気持ちを引き締めた。男たちは、ある程度の間合いを詰めると、それ以上は急ぐ様子もない。だが、菊之助は背中に尋常でない殺気を感じた。

試しに先の道を右に折れ、稲荷新道に入った。家に帰るには回り道になるが、男たちの目的をたしかめたかった。

しばらく行った左側に杉森稲荷がある。その道は狭く、人通りも少ない。

と、今度は前方から背後の男たちと同じように編笠を被った男が二人現れた。こちらも異様な空気を総身に漂わせている。

菊之助は身の危険を感じた。何者かわからないが、相手は自分を狙っている。杉森稲荷の門前に来たとき、四人の男に挟み打ちをされる恰好になった。

菊之助はとっさに山門に入る短い石段を、二段飛びで駆けあがった。先に後ろの二人が動き、菊之助を追ってくるのがわかった。つづいて、前方から現れた男二人が山門に駆け込んできた。

菊之助は塔頭を背にして刀に反りを打ち、

「何奴」

と、声をかけたが、相手は菊之助を無言のまま取り囲み、静かに抜刀した。雨の散じる黒雲の下で、抜かれた四つの刃が鈍い光を放った。

「亥ノ吉の仲間だな」

右にいた男がそう言った。

菊之助はなるほど、そうかと思った。こいつらは吉原から遣わされた刺客なのだ。

「人違いだ。わたしは亥ノ吉を捜しているにすぎぬ」

「ほざけッ」

左にいた男がそう言うなり、撃ちかかってきた。菊之助は体を右にひねって抜刀するなり、相手の刀をすりあげた。

ちーん。

鋼の音が耳朶に響いた刹那、背後から斬りかかってくる気配を感じ、体を反転させるなり、刀の柄頭を相手の鳩尾にたたき込んだ。

「うッ……」

短いうめきを漏らした男は、膝から崩れ海老のように背中を曲げてうずくまった。もちろん、菊之助にそんなことをたしかめている余裕はない。

すでにつぎの殺人剣が襲いかかっていたのだ。これは裂帛の気合のもと、大上段から脳天めがけて振り下ろされてきた。刀は降りはじめた雨を切り裂き、刃風をうならせながら迫っていた。

菊之助は紙一重の空隙を残してかろうじてかわすなり、逆袈裟に刀を振り上げて反撃をした。相手は俊敏に飛びすさってかわしたが、菊之助の刀の切っ先は編笠の庇を断ち斬っていた。

ビシッ、と鋭い音がして、編笠のなかに隠れていた顔が露わになった。

何とも人相のよくない暗い顔をした男で、双眸だけが獣のように光っていた。

その男が口をねじ曲げて鋭い突きを送り込んできた。同時に、菊之助は背後にも殺気を感じた。かわすには横に飛ぶしかなかった。

だが、濡れた石畳に雪駄が滑り、足を取られた。

「あっ」

菊之助は尻餅をついていた。

そこへ三人の刀が、呼吸もぴったりに振り下ろされてきた。これで一巻の終わりかという思いが、脳裏をかすめた。

だが、曲者らの刀は、菊之助の喉元でぴたりと止められていた。

息を呑んだまま石のように固まり、凝然と目を瞠った菊之助の顔に、降りはじめたばかりの雨が張りついた。

第五章　雨上がり

一

男たちは刀の切っ先を向けたまま、菊之助を無表情に見下ろしている。ひとりの男がじりっと足を動かし、菊之助の右手首を踏みつけた。つぼを踏まれたせいで、手から刀が離れた。このときになって初めて、菊之助は恐怖を覚えた。脇の下と背中に冷や汗がつたう。

「亥ノ吉はどこだ？」

低くくぐもった声で、正面の男が聞いた。

菊之助はからからに渇いた口中につばを溜め、それをゆっくり呑み下して答えた。

「……わからぬ。だから捜しているのだ」

「捜している？　仲間ではないのか？」

やはり口を開くのは、正面の男だ。他の二人は黙っている。菊之助に鳩尾を突かれ、うずくまっていた男もそばにやって来て、同じように菊之助をにらみ下ろした。

「仲間ではない。わたしは亥ノ吉を捕らえなければならぬ」

正面の男は眉宇(びう)をひそめ、わずかに首をかしげた。

「……命惜しさの嘘ではないだろうな」

「嘘ではない。わたしは町方の手伝いをしているだけだ。決して亥ノ吉の仲間などではない。もしや、亥ノ吉を襲い、連れの新吉を殺したのは、お手前どもか？」

男たちは何も言わなかった。

「ともかくお手前どもは、思い違いをしている。わたしは決して亥ノ吉の仲間ではない。嘘だと思うなら南町奉行所に行き、横山秀蔵という臨時廻り同心を訪ねるがよい」

男たちは互いの顔を見合わせた。

「……おぬしの名は？」

「荒金だ。荒金菊之助と申す」

正面の男はもう一度仲間の顔を見て、顎をしゃくった。突きつけられていた刀が一斉に引かれ、鞘に納められた。

菊之助はほっと息を吐き、ゆっくり半身を起こし、刀をつかんで立ち上がった。

「亥ノ吉をどうする気だ？」

菊之助は正面の男に聞いた。

「……おぬしには関わりのないことだ」

「大方察しはついているが、亥ノ吉のことは番所の手に委ねてもらいたい」

「それはそっちの勝手だ」

頭らしき男はそれだけを言うと、仲間に目配せをして立ち去ろうとした。

「待ってくれ」

声をかけると、男たちが揃って振り返った。

「亥ノ吉の湯島の家をどうやって探りあてた？」

「……」

「もしや、亥ノ吉の女のことを知っているのか？」

頭らしき男は首を振っただけで、そのまま背を向けて仲間と共に境内から消えていった。

菊之助も大きく息を吐き出して、杉森稲荷を出た。

「どうなさったんです？」

家に帰るなり、泥まみれになっている菊之助を見て、お志津が驚いた。

「転んだのだ。着替えをする」

菊之助はざっと足を拭いただけで寝間に入り、着替えにかかった。

「さっき、甚太郎さんが見えましたよ」

脱いだ着物を丸めながらお志津が言った。

「甚太郎が……何か言っていたか？」

「いえ、出なおすと言ってまた帰ってゆきました」

菊之助は帯をキュッと、音をさせて締めた。

甚太郎がやってきたのは、菊之助が熱い茶を飲んでいるときだった。

「何かわかったのだな」

「へえ、横山の旦那は他のところをまわっていますが、あっしといっしょに荒金の旦那に行ってほしい店があります」

「どこだ？」

「横山町にある平松屋という料理屋です。亥ノ吉が以前、好んで使っていたことがわかりました」

「平松屋……」

「そうです」

「よし、行こう」

休む間もなく家を出た菊之助は、亥ノ吉が湯島に借りていた家のことを話した。

「それじゃ、亥ノ吉はまだ江戸にいるってことですね」

「そうだ」

「しかし、何事もなくてよかったです。襲ってきたのはいったい何者で……？」

「おそらく吉原の妓楼に雇われている者たちだろう」

「……亥ノ吉を早く見つけなきゃなりませんね。そいつらに先を越されてしまっては、御番所の面目が立ちませんよ」

「もちろんだ。だが、やつらはどうやって湯島の家を探りあてたのか、それが不思議だ」

「そうですね。……どうやって探ったんでしょう。そいつらも半次郎に聞き込みをしたのでは……」

小柄の甚太郎はぶつぶついいながら歩き、のっぺり顔を菊之助に向ける。

「半次郎から聞いたのではないはずだ。もし、そうであれば、半次郎はそのことをおれに話すはずだ。だが、そんなことはなかった。それに、おれが湯島の家に行く前に、連中は亥ノ吉を襲撃している節がある」

「それじゃ、お町が……」

菊之助もそれを考えたが、よくわからなかった。ともかく吉原の裏世界にいる得体のしれない男たちの情報網は、一説によると町奉行所をしのぐといわれていた。

甚太郎の言う平松屋は両国広小路に近い、横山町三丁目に店を構えていた。仕出屋を兼ねた立派な料理屋だ。

玄関に入ると、奉公人たちが一斉に迎えに出てきた。菊之助はそのなかにいる番頭とおぼしき男に声をかけた。

「手間は取らせぬから、少し話をさせてくれないか」

「へえ、どんなことでございましょう?」

番頭はそう言って、他の奉公人を下がらせた。菊之助は式台に腰をおろして、

「亥ノ吉という深川の小島屋の主がここの客だったと聞いたのだが、その亥ノ吉のことで少し訊ねたいことがある」

そう言ったとたん、番頭の目が団栗のように見開かれた。

「亥ノ吉の旦那でしたら、先ほど見えられましたが……」

「なに？」

「へえ、お君のことをお訊ねになり、それですぐに帰っていかれました」

「お君？　それは誰だ？」

「へえ、以前この店で仲居をやっていた者です。いまはやめて、おりませんが……」

「それじゃ、亥ノ吉はお君を捜しているのだな」

「そんな素振りでした」

「なぜ、亥ノ吉はお君のことを聞きにきたんだ？」

「はあ、それはわたしも気になりましてお訊ねいたしますと、やはりこの店で仲居をしていたお町という女がいまして、お君はそのお町と仲がようございましたので……へえ、それで亥ノ吉の旦那が申されるには、何でもお町が自分の金を盗んだので、捜しているというようなことでした。それを聞いて驚いたのですが、まさかあのお町が人のものを……」

　これを聞いた菊之助は、やっと亥ノ吉がお町を捜している理由がわかった。

「やつはひとりだったか？」

「いいえ、ずいぶん体の大きなご浪人といっしょでした」

　おそらく用心棒だろう。湯島で聞いた男と同じはずだ。

「亥ノ吉が来てからどのくらいたつ？」

「……見えたのは一刻ぐらい前だったでしょうか……」

　番頭は視線を泳がして答えた。

「それで、お君の家はどこだ？」

「亀戸(かめいど)です。天満宮前にある履物(はきもの)屋に嫁いだんでございます」

「店の名は？」

　菊之助は身を乗り出して聞いた。

「大黒屋(だいこくや)と申します」

　菊之助はさっと甚太郎を振り返った。

「甚太郎、舟を仕立てるのだ」

「へいッ」

二

亥ノ吉と北村源信は、大横川（おおよこがわ）に架かる法恩寺（ほうおんじ）橋を渡ったところだった。

「北村さん、もう少し早く歩けませんか」

ややもすると遅れ勝ちになる源信を、亥ノ吉はさっきから急かしていた。

「そう慌てるな。この雨だし、行き先も決まっているのだ」

源信は汗を拭きながらのんびり顔で言う。

こっちの気も知らねえで、と亥ノ吉は内心で毒づく。早くお町を見つけて金を取り返し、一刻も早く江戸を出なければならないのだ。

「おい、亥ノ吉。小腹が空いた。そこでうどんをすすってゆこう」

法恩寺橋の先に、小さなうどん屋の看板があった。

「さっき食ったばかりじゃありませんか」

「小腹はすぐに空くものだ。なに、さらさらっとするから手間はかからぬ」

「あとにしましょう」

亥ノ吉は苛々しながら言う。

「あともいまもたいして変わらぬ。ちょっとだけだ」

なあと、源信はやけに馴れ馴れしい笑みを浮かべて、亥ノ吉の背中を押した。しかたないので、亥ノ吉はうどん屋の暖簾をくぐった。

源信は一杯だけで満足するかと思ったら、二杯も所望した。あきれ返っていると、

「おまえが食わぬからだ。大の男が二人やって来て、うどん一杯じゃ店に悪かろう」

源信はそう言って、ずるずるとうどんをすする。

亥ノ吉はそっぽを向いて、格子窓の外に目を注いだ。

雨が静かに降っている。あの連中はどうやって湯島の家を嗅ぎつけたのだろうかと、亥ノ吉はさっきから考えていた。

当然、お町のことがまっ先に浮かんだ。だが、あの女が金を盗んで行方をくらましたとき、自分の犯した殺しについては知らなかったはずだ。すると、あとで知って、吉原の連中に密告したのか？　そう考えもするが、解せない。

しかし、そうでなければ、どうやってあの連中は湯島の家を知ったのだろうか？　いくら考えてもわからないことだった。亥ノ吉はそのことはもうどうでも

いいと思って、小腹を満たし、満足そうにしている源信を見た。

湯島の家を知られようがどうだろうが、自分が追われていることに変わりはない。ともかくお町を捜すのが何より急がれるのだ。

「いいですか？」

「ああ、いいぞ。勘定をして行くか」

亥ノ吉が不満顔で勘定をして表に出ると、源信が小言を言う。

「おまえ、なぜ舟を使わなかった？　けちることはなかろうに。亀戸まではずいぶん歩かなきゃならん」

「いまさら遅いですよ。それにお君の店までは、もういくらもありません」

ぼやく源信に亥ノ吉は、くそッと小さく吐き捨てた。横面を張り飛ばしてやりたいが、そうするわけにもいかない。

「雨のなかを長々と歩かせやがって……」

天神橋（てんじん）を渡った先が亀戸町だ。亀戸天満宮はもう目と鼻の先だ。普段は参詣客でにぎわう門前町も、あいにくの天気のせいでまばらである。

お君が嫁いだ大黒屋という履物屋はすぐにわかった。

「こちらにお君さんという人はいるかい？」

暖簾を撥（は）ね上げて店のなかをのぞくと、饅頭のようにふっくらした女が、はたきを持ったまま振り返った。

「わたしですが……」

「これはよかった。わたしゃ亥ノ吉という者だが、ちょいと訊ねたいことがあるんだ」

「亥ノ吉さんというと……もしや……」

「お町の面倒を見ていた者だ。話は聞いているだろう」

お君は黙ってうなずき、背後にいる大男の源信をちらりと見た。

「最近、お町に会っていないか？」

亥ノ吉は誤魔化されてはならないので、お君の目を見据えて聞く。

「お町ちゃんだったら、しばらく会っていませんが、どうかしたんですか？」

「……本当かい？」

亥ノ吉が詰め寄ると、お君はたじろぐように一歩下がった。

「それじゃ、最後に会ったのはいつだ？」

「最後に……」

お君は目をしばたたいて、しばらく考えた。

「半月ほど前に柳橋の茶店で会いましたけど……」

半月前だったら話にならない。

「それからは会っていないか?」

ええと、お君はうなずいた。

「それじゃ、あいつが身を寄せそうなところに心当たりはないか?」

「あ、あの、お町ちゃんが何かしたんですか?」

「おれの金を持って逃げたんだ」

「ええ、お町ちゃんが……」

お君はびっくりしたように目を瞠った。

「だから捜さなきゃならない。あいつの行きそうなところを知らないか?」

「ちょ、ちょっと待ってください」

そう言ってお君は、視線を彷徨(さまよ)わせた。

「よく思い出してくれ」

三

川面を弱い雨の礫が打っている。

菊之助と甚太郎を乗せた猪牙舟は、竪川をゆっくり東に向かっていた。雨雲もそれに合わせるように、東のほうへのろのろと移動している。

岸辺に鶺鴒の姿があり、餌を探しているのか、長い尾を振りながら頭を忙しく動かしていた。

「旦那、二人で大丈夫でしょうか?」

それまで黙っていた甚太郎が、傘を上げて心細い顔を向けてきた。

「亥ノ吉は用心棒を連れているじゃありませんか」

「おれたちが用があるのは用心棒ではない。亥ノ吉だ」

「それはそうですが……」

甚太郎は小柄ですばしこい男だが、非力である。立ち回り騒ぎになるのが怖いのだろう。

「甚太郎、心配するな。荒っぽいことをしようとは思わぬ。うまく亥ノ吉を見つけたら、あとを尾けて、秀蔵の応援を頼むつもりだ」

「それがよいと思います」

甚太郎は肩を動かして、ほっ、と息を吐いた。だが、菊之助が言ったことは気休めでしかない。いざとなれば、力ずくで亥ノ吉を押さえるつもりだ。もちろん、そのときは甚太郎には近くの番屋に走ってもらう。

菊之助は竪川のずっと先のほうに視線を投げた。一艘の舟がすれ違いに大川のほうに向かっていった。舟を操る船頭の誰もが菅笠を被り、肩簑を身につけていた。

やがて舟は旅所橋を抜けて、十間川に入った。お君の店まで間もなくだ。

雨は強くもならず弱くもならず、一定の降り方をしている。そんな天気のせいで、町屋だけでなく風景全体がくすんで見えた。

菊之助は舟を天神橋の手前につけさせて降りた。

「甚太郎、横山の旦那から亥ノ吉の顔の見分けはつくな」

「へえ、聞いておりますんで……」

菊之助も秀蔵から亥ノ吉のことは聞いているが、いまひとつはっきりしなかった。

「もし、お君の店に亥ノ吉がいたら、おまえは番屋に走り、番人を秀蔵のもとに走らせるのだ」

「承知しました。ですが旦那、無理はいけませんよ」

「わかっている」

亀戸天満宮前の通りは、人の姿もまばらで、ひっそり静まっていた。お君が嫁いだという履物屋は、人に聞くまでもなくすぐに見つけられた。

暖簾越しに店内を窺ったが、客のいる様子はない。菊之助は念のため、甚太郎を表で待たせて、暖簾をくぐった。

帳場にちょこなんと座っていたのがお君で、菊之助が横山町の平松屋から聞いて、訪ねて来たことを口にすると、

「さっきも亥ノ吉という旦那さんが見えたばかりですけど、今日はどうしたのかしら……」

と、目をぱちくりさせる。

菊之助はとたん、目を輝かせた。やはり、亥ノ吉は来ていたのだ。

「それで、亥ノ吉は何をしに来た？」

「友達のお町ちゃんのことをあれこれ訊ねていかれただけです」

お君はそう言って、亥ノ吉とのやり取りをかいつまんで話した。

「それで、亥ノ吉はいつこの店を出て行った？」

「まだ、小半刻も経っていませんよ」

菊之助はさっと背後を振り返った。どこかですれ違ったのかもしれない。

「それで、亥ノ吉とその浪人はどっちのほうへ行った？」

「天神橋のほうへ歩いて行かれましたが……」

「どこへ行くとか言っていなかったか？」

「さあ、それは……」

「それじゃ、お町の行き先に心当たりは？」

「さっきも同じことを聞かれ、同じことを申しましたが、わたしにはわからないのです」

「亥ノ吉はどんな人相でどういう形(なり)をしていた？　会ったばかりだから覚えているだろう」

お君は菊之助が秀蔵から聞いていることとほぼ同じことを口にした。中背で痩せ形、色白の細面で切れ長の目ということだ。

菊之助は礼を言って、表に出た。

「甚太郎、亥ノ吉がついさっき、ここを訪ねてきたそうだ。途中ですれ違ったのかもしれない」

「それはないでしょう。もし、そうだったら、あっしが気づいたはずです」

「ともかくやつは大男の浪人連れだ。天神橋のほうに戻ったらしいから追うんだ」

菊之助は傘をさすと、急ぎ足になった。

「旦那、追うといっても亥ノ吉の行き先にあては？」

「ない」

あっさり答えた菊之助だったが、一心に勘を働かせていた。

亥ノ吉はお町の行方を知るために、お君を訪ねたが、何もわからなかった。つまり、お町の行方はわからずじまいである。すると、あてをなくしているはずだ。そうなると、人はどこへ向かう？

菊之助は亥ノ吉に自分を置き換えて考え、しとしと降りつづける雨道の先をにらむように見た。まっすぐ行けば天神橋、そのずっと先は本所だ。天神橋を渡ってまっすぐ行くか、それとも橋のところで左に折れるか……。おそらく人の少ない右の道には折れないだろう。すると、左に折れて竪川の河岸道に出るか、まっすぐ歩きつづけるはずだ。

どっちだと、菊之助は自分に問うた。

答えはまっすぐだった。行く先がなければ、おそらく自分だったらそうするだろう。

「甚太郎、まっすぐ行くんだ。急ぐぞ」

言った菊之助は着物の裾をからげ、さらに早足になった。

「やつの行き先がわかるんですか？」

甚太郎が横に並んで顔を向けてくる。

「わからぬ。だが、勘だ」

ところが、その勘は馬鹿にしたものではなかった。法恩寺の門前町にあたる深川元町代地の町屋に入ったとき、一軒の茶店から出てきた二人組の男を見たのだ。ひとりは体が大きく、一本差しの浪人であった。

菊之助は目を光らせた。その二人組とは半町も離れていなかった。

「……甚太郎、先の二人組だが、そうかもしれぬ」

「ほんとに……？」

甚太郎が緊張の面持ちで声を漏らした。

「おまえは先回りして、気づかれないように亥ノ吉かどうかをたしかめるのだ。おれはこのまま尾ける。さ、行け」

「わかりました」

甚太郎は小走りになって離れていった。

菊之助は二人組と一定の距離を保ったまま歩きつづけた。やがて、甚太郎が二人組を追い越してゆき、法恩寺橋手前の路地に消えた。

二人組は雨の降る道をゆっくりした足取りで歩いている。

魚屋の棒手振がその二人とすれ違った。小間物屋の軒先に飛び込んで、傘のしずくを落とす男がいた。

やがて二人は、甚太郎が折れた路地を過ぎて法恩寺橋を渡りはじめた。

遅れて菊之助が橋に近づいたとき、

「旦那……」

と、甚太郎が横の路地から姿を現した。

「どうだ？」

この問いかけに、甚太郎は口を引き結んで、強くうなずいた。

「やはり、そうか……」

「どうします？」

「尾ける。おまえはこのことを秀蔵に知らせるんだ」

「いざという場合のことを考え、あっしもいたほうがいいんじゃありませんか
……万が一逃げられたら、ひとりではどうしようもありません」

菊之助はしばらく考えてから、

「よし、ついてこい」

そういって、亥ノ吉と連れの男の後ろ姿に目を注いだ。

四

亥ノ吉と大男は法恩寺橋を渡ると、そのまままっすぐ歩いた。傘で顔を隠せる菊之助は、少しその距離を詰めた。通りには数は多くないが、人が行き交っている。前の二人は尾行されていることに気づいていないはずだ。

と、その二人が右に折れた。本所を南北に走る水路の脇道である。右側は中之郷横川町の町屋で、左側に水路があり、その向こうは武家地である。人通りが極端に少なくなった。通りに面した商家は小店ばかりで、店の者は暇を持てあま

し、軒下の縁台で煙草を吸っているか、店の奥に引っ込んでいる。客の姿もあまり見ない。

菊之助は間を詰めていたが、少し離れるべきだと思い、歩速をゆるめた。距離は十間（約十八メートル）ほどだ。

亥ノ吉と浪人は傘を寄せ合い、何やら話をしている。さっきからそんなことを何度か繰り返していた。お町捜しの相談でもしているのだろう。

と、その二人が左に折れ、水路に架かる小橋を渡って離れた。すぐ先に妙見社があり、浪人がその境内に入った。亥ノ吉はそのまま歩いている。

「……どうします？」

甚太郎が聞いてきた。

「亥ノ吉を追う」

菊之助はそう応じて、亥ノ吉の背中を凝視した。両側は大小の旗本や御家人の家だ。人の姿はめっきり見なくなった。細い道はしとしと降りつづける雨を吸っている。

近くの屋敷の屋根に止まった濡れ鴉が、カア、と間の抜けた声で鳴いた。

菊之助が傘をわずかに上げ、浪人の消えた妙見社に目を向けたときだった。熊のような黒い影が宙に躍った。

わあ、と悲鳴を発して甚太郎が尻餅をつきそうになった。菊之助はとっさに手にしていた傘を放り投げた。ばさっと、傘が断ち切られ、鈍い光を放つ大刀が菊之助の眼前に迫っていた。菊之助は半間（約九〇センチ）ほど下がって、刀の柄に手をやった。

大男はまるで熊のような勢いで、どんどん迫ってくる。ぎらつく双眸は、獲物を捕らえる獣の目だった。その威圧感は並みではない。

ざっと袖が風音を立ててひるがえり、大刀が横に薙ぎ払われた。菊之助は鞘走らせた刀で受けたが、相手の太刀筋を変えたに過ぎなかった。

すぐに体勢を整えて、青眼に構えたが、相手は中段から鋭く突いてきた。これも半身をひねってかわすしかなかった。反撃をしようとすると、また鋭い突きを見舞われた。

相手は体が大きいだけでなく、猫のように俊敏である。菊之助は迫力負けしたように下がり、背後の旗本屋敷の壁に背中を打ちつけた。

「てめえ、なんで尾けやがる……」

浪人は低くくぐもった声を漏らしながら、また撃ち込んできた。

きーん。

刃と刃の嚙み合う鋭い音が耳朶に響き、小さな火花が散った。

「喧嘩だ、喧嘩だ！」

近くでおろおろしている甚太郎が、機転を利かして大声で叫んだ。そのことで浪人にわずかな隙ができた。

菊之助は即座に足を払いにいったが、浪人は身軽に跳躍すると、大きく飛びすさって、まわりに視線をめぐらした。近くの旗本屋敷から数人の侍が出てきたのだ。

「何事でござる！」

ひとりの侍の声に、浪人はチッと舌打ちし、菊之助をあらためてにらむと、そのまま駆け去っていった。菊之助はすぐに追わなければならないと思ったが、顔面蒼白になって震えている甚太郎を見て追跡をあきらめた。

「甚太郎、大丈夫か？」

「へ、へい……だ、大丈夫です」

それでも甚太郎は膝をガタガタふるわせ、ガチガチと歯の根も合わない始末だ。

菊之助はいつもこうなのかと、首をかしげたくなった。

「何の騒ぎでござる」

ひとりの侍が近づいてきて声をかけた。

「脅されただけです。ご心配には及びません」

菊之助が答えると、

「脅された？　さては逃げたのは強盗でござったか……」

侍は浪人の去った道の遠くを見て、菊之助と甚太郎に視線を戻した。

「こんなところで刃傷沙汰を起こされてはたまらぬ。気をつけて帰られるがよい」

「ご心配、痛みいります」

軽く辞儀をして、菊之助は甚太郎の腕をつかんだ。

「さ、行くぞ」

「すみません。あっしは……」

ようやく落ち着きを取り戻した甚太郎は、臆病風を吹かしたことを恥ずかしがっていた。

「気にするな。正直、おれもあの迫力に負けていたのだ。まったくの油断だった」

「でも、亥ノ吉を……」

「うむ」

菊之助は甚太郎の傘に入ったまま、遠くをにらみやった。

「これからどこへ行くんだ。おまえにそのお町という女のあてはあるのか？」

源信は団子を頬張り、また新たな串を手にした。

亥ノ吉は黙り込んだまま考えつづけていた。

「しかし、さっきのやつ、なかなかの腕であった。勝負をつけておきたかったが、邪魔が入ったからな。……あの男、町方なのか……」

団子を食いながらも源信はよくしゃべる。

亥ノ吉と源信は竹町（たけちょう）河岸に近い茶店にいるのだった。右のほうに吾妻橋がある。橋を渡る傘がいくつもすれ違っていた。

すぐそばには船着場があり、階段を上がってきた船頭が、肩簑を外して雨のしずくを払い落とした。亥ノ吉はその船頭をぼんやり眺めながら、金のことはあきらめて江戸を出てしまおうかと思った。このままではいくつ命があっても足りない。

さっきも尾けられていることに、ちっとも気づかなかった。北村源信がそばにいなかったら、自分の命はもうなかったかもしれない。そのことを思うと、鳥肌が立ち、心の臓がきゅっと締めつけられる。

「おい、どうするんだ?」

源信がずるっと茶を飲んで、亥ノ吉の肩をたたいた。手加減したのだろうが、亥ノ吉は縁台から落ちそうになった。

「このまま、あきらめるわけにはいかねえから……」

亥ノ吉はたったいま考えていたことと違うことを口にした。

「あたりめえだ。何しろ三百五十両の金がかかっているんだ」

その言葉に亥ノ吉は源信を見た。この男、あの金をそっくり自分のものにする気でいるのかもしれない。

「なんだ、勘繰(かんぐ)った目をするんじゃねえ。金は山分けだ。おれも武士の端くれ、言ったことは守る」

源信は顔に似合わず人の心を読んだことを言う。

「おい、団子も食ったし、こんなとこにいつまでいてもしようがないだろう」

「そうですね」

亥ノ吉はそう言って、腰をあげた。

「で、どこへ行く？」

「お町の実家です」

「三河島村か……いいだろう。行こう」

五

すでに八つ半（午後三時）近くになっていた。

すっぽり雨に覆われた町屋は、夕暮れの色だ。

菊之助と甚太郎の入った二ツ目之橋（ふたつめのはし）そばにある飯屋には、行灯と燭台が点（とも）されていた。そうでもしなければ、店のなかは薄闇となる。

客は酒を飲んでいる職人風の男がひとりいるだけで、あとは菊之助と甚太郎だけだった。

「甚太郎、くよくよすることはない。さあ、食うんだ」

菊之助はそう言ってうどんをすすった。つゆは醤油が濃すぎ、麺は腰もなく、うまくなかったが、何かを腹に入れておくべきだった。

「次郎にえらそうに言ってますが、あっしはからきしへなちょこ野郎なんです」

　甚太郎はさっきのことをよほど恥ずかしいと思っているのか、肩をおとしたまま、うどんをすくってつるつるすすった。

「……へっぽこ野郎です」

「あんまり自分のことをけなすんじゃない」

「でも、旦那。さっきあの浪人に襲われたとき、あっしは小便ちびりそうになって、生きた心地がしなかったんです。そりゃ、おっかないやつには何度も会ってますが、さっきの男には心底ふるえ上がりました」

「おれだって怖かったのだ」

「ほんとに……？」

　甚太郎が意外そうな顔で見てきた。

「ああ、刀を抜いたときはいつでも怖い。これで斬られるかもしれないと思う。だが、一心に戦うことで、その恐怖を忘れるのだ。あとになって足がふるえることもある」

「そ、そうなんですか……」

「そういうものだ。誰しも同じだと思う」

「横山の旦那もそうでしょうか？」

「もちろんだ。ただ自分のなかにひそんでいる弱気を見せないだけだ。だから、相手に勝つ前に、自分のなかにある弱気の虫にまず勝たねばならぬ。それが武士というものだ」

「……そうだったんですか」

「おまえが恐怖するのは何も恥ずかしいことではない。さ、食え」

「はい」

甚太郎はふたたびうどんをすすりはじめた。それからしばらくして、

「よかった、旦那といっしょで……」

そう言って、口許に笑みを浮かべた。五郎七といっしょだったら、何を言われたかわからないと言葉を足す。

先にうどんを食い終えた菊之助は、黙って甚太郎を眺めた。

秀蔵が子飼いにしている手先だが、いまは小者扱いだ。手先も小者も同じようだが、半黙許(はんもっきょ)の間は給金は出ない。しかし小者になれば、わずかな金を受け取ることができる。それも月に一分二朱(ぶしゅ)程度だ。茶屋の下女にも劣る給金だが、町方の旦那についているというだけで、町屋の連中から付け届けをもらえる。何か困ったときには、すぐに話をつけてやるというわけだ。そういった役得があるか

らこそ、やっていけるのである。

甚太郎はもともと掏摸であったが、掏った相手が悪かった。非番の日に、着流しで歩いていた秀蔵の財布に手をかけたのだ。捕まったのは初めてであったが、秀蔵から大目玉を食らい、素っ首を刎ねるとも脅された。

すっかり震え上がった甚太郎は、人目を憚ることもなく土下座して、何でもするから許してくれと懇願した。

――おれはあいつの見事な土下座ぶりに感服したのよ。

いつだったか、秀蔵は菊之助にそう言ったことがある。

――だから、ちょいとものは試しだと思って種（情報）集めに使ってやったんだ。もちろん、掏摸から足を洗うという約束を取り付けてだがな。ところが、甚太郎の野郎、なかなかの働きをしてくれる。

秀蔵はそれ以来、甚太郎を使っているのだった。

また、甚太郎も使われるうちに秀蔵に心酔するようになった。

――あっしが足を洗えたのも、横山の旦那のおかげなんです。それに旦那は男っぷりがよいだけでなく、義理人情にも厚い。あっしはこれまで、そんな人に会ったことがありませんでした。懐が深くて、それでいておっかない。あっしは油断すると何をやるかわからない、こすっからい人ばかりと付き合ってきたんで、目の醒める思いでした。

秀蔵を心底尊敬している甚太郎は、そんなことを菊之助に話していた。

「……雨が弱くなった」

菊之助は格子窓の外を見てつぶやいた。うどんを食べ終えた甚太郎も外を眺めた。

斜線を引く雨の筋がさっきより、細くなっていた。鼠色の雲も薄くなっており、鳥の声が聞こえるようになった。

「それで、旦那。これからどうします？」

「うむ。小島屋に行こう」

「小島屋に？　あそこに行っても……」

「女将の多津に会ってみたいのだ。無駄かもしれぬが、どうも気になる」

菊之助は腰をあげて勘定をした。

表に出ると、雨は霧雨に変わっていた。それに、雲の間に晴れ間がのぞき、鳶が舞いはじめていた。

「旦那、もう、さっきのような無様なことはいたしませんので……」

横に並んだ甚太郎が、頭をかきながら言う。醜態(しゅうたい)を見せたことを、よほど恥じ入っているのだろう。

「もうそのことはよい。誰しも怖い目にあえば、狼狽(うろた)え、怯(ひる)み、取り乱してしまうものだ。だが、腹を据(す)え、気持ちを強く持って勇気をふりしぼることで、己に打ち勝てる」

「へえ、腹を据え……強い気持ちで勇気を……」

「口で言うのは簡単だが、生きるということは、すなわちそんなことかもしれぬ。同じことを言うが、己に勝たねば、どんな困難にも勝てぬはずだ」

菊之助は説教じみたことを言うのは嫌いだが、いま口にしたことは、常々自分で思っていることでもあったし、甚太郎にはその自覚を教えておいたほうがいいと感じたのである。

「はあ、そうなのかもしれません。……いや、きっとそうでしょう」

甚太郎は感心顔で歩いている。

菊之助はこれから会う小島屋の女将・多津のことを考えていた。二人が小名木川に架かる高橋を渡ったころ、雨はぱたりとやんでいた。さらに、深川仲町に入り、小島屋の前に来たとき、ぱあっと雲間から明るい日が射した。小島屋の表に掛けられている紫暖簾が、一筋の光に鮮やかになった。

「おまえは表で待っていてくれ」

菊之助は甚太郎にそう言いおいて、小島屋の暖簾をくぐり、引き戸を開けた。

「いらっしゃい」

帳場に座っていた女が、陰気な声を発して、手にしていた煙管を置いた。

「女将の多津ってえのは、おまえさんのことか？」

菊之助が普段使わない伝法な口調で言うと、女は眉間にしわを彫って、

「そうですが、旦那は？」

と、警戒する目を向けてきた。隣の部屋に、柱にもたれているひとりの男がいた。陰惨な暗い顔をしており、剣呑な目で菊之助を上目遣いに見た。

菊之助はその男の視線を外して、

「ちょいと訊ねたいことがあるんだ」

と言って、上がり框に腰を据えた。

六

「……ってことは客じゃないってことだ」

多津はそう言って、あきれたように首を振り言葉を足した。

「町方の旦那かい？」

そう言って、菊之助を品定めするように見た。四十過ぎの大年増で、深いしわに塗り込んだ化粧が剝げかかっていた。

「まあ、そんなところだ。手間は取らせぬ。そこで聞くが、その後、亥ノ吉から連絡（つなぎ）はないか？」

こんな手合いに甘い面は見せられない。菊之助は砕けた言葉を使う。

「ありませんね」

多津は煙管に刻みを詰めはじめた。

「やつは金に困っているようだ。逃げたいが、金がなくて逃げられないでいる」

「そんなのあたしの知ったこっちゃありませんよ。勝手に人を殺して追われる身になった男だ。こっちはいい迷惑なんだから……」

「ほう、まるでこの店はおまえさんのもののような口ぶりだな。亥ノ吉があぁなったのをいいことに、店を乗っ取る気か」

「何を言います。そりゃ店はあの人のもんだろうけど、いまはあたしが仕切るしかないんです」

「だが、やつはもう二度とこの店には戻ってこれない」

「店のことはおいおい考えていきますよ」

「自分の店にするためにか……」

多津は憤然とした顔つきになって、煙管に火をつけ、せわしなく吸った。その様子を菊之助は黙って見つめた。店は暇そうだ。奥の間も二階の客間もひっそりしている。十人の女郎がいるというが、姿は見えなかった。

「亥ノ吉はおまえさんに金を都合するように頼んできたな」

「ええ、再三再四頼まれましたよ。ですが、あの人の望みどおりの金は揃えられないんです。一応、五十両ばかり工面して持って行きましたが、突き返されましてね。こんな端金はいらないって……。馬鹿だね、あんとき受け取っておきゃよかったのに、もうあとの祭りってえのはこのことでしょうよ。だけど、おかげでこっちの懐はいたまなくてホッとしていますがね」

多津は臆面もなくそんなことを言う。すでに町方の調べがどこまで進んでいるか、先読みしたような口ぶりだ。二階からひとりの女郎が下りてきた。多津が無言で二階に控えていろというように顎をしゃくると、女郎は菊之助に一瞥をくれ、すごすごと二階に戻っていった。

「おまえさんは家に帰っているのかい？」

この問いかけに、多津は目を細めて、また煙管を吸った。どうも落ち着きが感じられない。そのことに菊之助は不審を抱きはじめていた。

「……家になんか帰れっこありませんよ。亥ノ吉は執念深い男だ。突然、やって来て襲われたら一巻の終わりですからね」

「そこに用心棒がいるだろう」

菊之助は柱にもたれている男を、それとなく見て言った。言われた多津は、用心棒を隠すように、後ろ手で襖を閉めた。

「店の守りはやってもらいますが、あたしの家に連れ帰るわけにはいかないんです。これでも女の端くれなんだから、同じ屋根の下に男を入れるなんざ……」

ふうっと、唇を細めて、多津は紫煙を吐いた。

「亥ノ吉が捕まるまでは、店泊まりと決めているんです」

さっきから亥ノ吉のことは呼び捨てだ。

「ここだったら守ってくれる男もいるし、表には亥ノ吉をつけ狙っている男たちがいるから、あの人も近寄れない」

「……なるほど、そうだろうな」

菊之助はうなずきながら、表にそんな男がいたかどうか訝った。その気配を感じなかったのだ。もっとも町方の手先はともかく、亥ノ吉の命を狙っている吉原の連中は、息をひそめているのであろうが。

「ところで、亥ノ吉に女がいたことを知っていたかい？」

「お巻って女を囲っていましたよ」

「お巻以外にだ」

「さあ、あの人のことだから他にもいたかもしれませんが、わたしゃ知りませんね」

多津は視線を外して答えた。

「お町って女はどうだ？」

「お町……さあ、知りませんね」

多津は灰吹きに煙管の灰を落とした。やはり菊之助と視線を合わせない。

「知っているんじゃないのか……」

さっと、多津の顔が上がった。

「旦那、あたしを疑っているのかい?」

今度は挑むような目を向けてきた。

「そういきり立つことはない。ただ、聞いてるだけだ」

「あたしゃ、お巻以外女のことは知りませんよ」

口を尖らす多津はそっぽを向いた。菊之助はその顔を冷め切った目で眺めた。

それから店のなかにぐるりと視線をめぐらして、多津に顔を戻した。

「店はこれからかい?」

「亥ノ吉の一件があって、暇なだけですよ。客足がぱったり途絶えて、商売上がったりとはこのことです。まったく……」

多津はぬるくなった茶をすすった。

「そうかい。ま、いいだろう。何かあったら、また来ると思うが、邪魔をしたな」

菊之助が腰をあげると、多津は茶も出さずにすまなかったと、口先だけの詫びを言った。

表に出ると、いきなり西日に顔をあぶられた。目の前をとんぼが横切ってゆき、

「何かわかりましたか?」

と、甚太郎が顔を向けてきた。

「何もわからぬ。だが、何か引っかかる……」

そうつぶやいた菊之助は、通りを探るように見た。店を見張っているようなあやしげな人影を見ることはなかった。

「甚太郎、秀蔵に会おう」

「へい」

七

雨が上がり、西の空に浮かぶ雲が赤々と燃えるように染められていた。

下谷金杉下町（かなすぎしもちよう）から逸（そ）れて、三河島村までやって来た亥ノ吉と源信は、お町の実家に足を向けていた。野路は青々とした稲田を縫うようにつづいている。道に出来た水溜まりは鏡のようになっており、夕焼けの空をくっきりと映し込んでいた。

「それにしても、あっちからこっちへとよく歩かせやがる」

源信がぼやきはじめている。

「お町って女が実家にいなかったらどうするんだ？」

「そのときはそのときです」

と、答える亥ノ吉だが、もしお町がいなかったら、そこで頭打ちとなる。だが、いないにしても、お町は実家に何らかの連絡(つなぎ)をしているはずだ。お町は親思いだった。大金を持ち逃げしたのだから、貧乏暮らしの親になにがしかの金を与えたと考えてもおかしくない。

亥ノ吉と源信は夕暮れた道を歩きつづけた。草いきれが強くなり、田のなかで鳴く蛙の声が大きくなった。

お町の実家は、野良仕事を終えた百姓に聞いてすぐにわかった。

小さな地蔵堂の先に、沼を背にした小さな家があり、そこがお町の家だった。水呑(みずのみ)百姓だから、家といっても掘建(ほったて)小屋と変わりなく、腐りかけた藁葺(わらぶき)屋根に石がのせられ、猫の額ほどしかない狭い庭には、鶏が放し飼いにされていた。

戸口は開け放してあり、暗い土間奥に行灯の薄明かりがあった。

「ちょいと訊ねるが、お町って女の実家(さと)はここかい？」

亥ノ吉が土間奥に声をかけると、暗がりでのそりと立った男がやって来た。板敷きの居間にも人の気配があったので、亥ノ吉はそっちを見た。もしやお町ではないかと期待したが、どうやら母親のようだった。

「たしかにうちにはお町という娘がおりますが……」

やって来た男は煮しめたような手拭いで、首を拭きながらいった。小柄で痩せた男だ。

「しばらく横山町の平松屋にいたはずだが……」

「そうですが、なにか娘に御用で……？」

お町の父親は小心な鼠のように、亥ノ吉と源信を交互に見た。

「おれはお町の面倒を見ていた者だが、とんでもねえことをしでかされてな」

「へえ、なんでしょう」

「おれの金を盗んで逃げやがったのだ」

「え、お町がですか……」

父親は女房と顔を見合わせた。

「何か知らせは来てねえか？」

「いえ、ここ半月ほどは何もありませんが……」

「本当だろうな？」

亥ノ吉は穴が空くのではないかというほど父親を凝視し、女房にも目を向けた。

「嘘を言ったら、ただじゃすまされねえぜ」

「嘘など申しておりませんが、ほんとにお町がそんなことを……」

「だからこうやって足を運んできたんだ」

「しかし、娘からは何も連絡はありませんし、帰ってきてもおりませんで……なあ」

父親は同意を求めるように女房を見た。

「ええ、この人の申すとおりでございます。しかし、ほんとにお町が……」

「おい、いい加減なことぬかしてんじゃねえだろうな。こちとら命がけでお町を捜してんだ！」

亥ノ吉は父親の襟首をつかんで引き寄せた。

「う、嘘もなにも、ほんとに娘からはなにも知らせはないんでございます」

父親は亥ノ吉の剣幕にふるえあがった。

「ほんとでございます。娘がどうしてそんなことをしたのか、わたしどもは何も知らないんでございますよ。どうか、この人を放してやってください」

女房が胸の前で手を合わせ、いまにも泣きそうな顔で何度も頭を下げた。

「おい、放してやれ。弱い者いじめしても埒はあかねえだろう」

源信に言われた亥ノ吉は、けッと吐き捨てておお町の父親から手を放した。

「だが、亥ノ吉どうするよ？」

顎をぞりぞり撫でながら源信が聞く。腹も減ったと、のんびりしたことも言う。

「まったく……あんたは……」

「なんだ？」

源信がぎろっとにらんだので、亥ノ吉は首を縮めて答えた。

「あ、いえ。だけど、お町がここにやってくるかもしれねえ。今晩はここに泊まらしてもらいましょう」

「それがいいだろう」

菊之助がようやく秀蔵に出会ったのは、雨上がりの町屋に夕餉の煙が漂いはじめたころだった。場所は亥ノ吉がお町のために借りていた家の近く、昌平河岸前の茶店だ。

秀蔵は亥ノ吉の生国から親兄弟のことを調べつくしていた。さすが町方のやることは違うと、話を聞く菊之助は感心していた。

「若いころは相当の与太者だったらしいが、林蔵の世話があって陰間専門の子買いをはじめ、それから女郎屋の主に成り上がったという」

「やつと関わりのある者は……？」

「それがあまりいねえんだ。人嫌いなのか、それとも人に好かれるような男じゃないのか、親しくしていたやつは五本の指もいねえ。もっとも、商売熱心だという見方もあるが、人との関わりは少ない」

上昇志向の強い亥ノ吉は、くだらない人との付き合いを敬遠していたのかもしれない。おそらく金儲け以外に目が行かなかったのだろう。それに、必ずしも女郎屋が儲かる商売とはいえない。抱えている女郎を昼夜かかわらず働かせたとしても、ひとりの売り上げはせいぜい二分程度だ。それが十人いたとしても五両。月にすれば、三十日で百五十両となるが、それよりいいときもあろうし、悪いときもあるだろう。

それに酒や食糧の仕入れ、家賃、下女や下男や用心棒への支払い、地回りへのみかじめ料、岡っ引きへの付け届けなどもあるし、女郎らの面倒を見るための費えもいる。その他細々した経費を差っ引けば、傍で思われるほど儲からないのである。

おそらく亥ノ吉の手許に残るのは、三十両前後だと推測された。それゆえに、亥ノ吉はときどき陰間の子買い仕事もやっていたという。

「それじゃ、結局、亥ノ吉の行方もお町の行方もわからずじまいということか」

一応の話を聞いて、菊之助は茶に口をつけた。

「ま、早い話がそういうわけだ。甚太郎、ちょいと様子を見てきてくれ。やつらの帰りが遅い」

秀蔵がそばに控えていた甚太郎に指図した。へい、と元気のいい返事をした甚太郎が駆け去っていった。秀蔵はお町の家をもう一度探っているのだった。家探しは五郎七と次郎、そして寛二郎がやっていた。

「それで、おまえのほうはどうだ？」

自分の話に区切りをつけた秀蔵は、菊之助の報告をうながした。

「まず、亥ノ吉がお町を捜しているわけだが、どうやらお町が亥ノ吉の金を盗んで逃げたようなのだ」

「お町が亥ノ吉の……そうだったのか……」

秀蔵は大きく目を瞠った。

「お町と仲のよかったお君という女がいる。横山町の料理屋でいっしょに働いていた女だ。亥ノ吉はこのお君にも会って、お町の行方を聞いている。それに、おれと甚太郎がそのお君の家を出て間もなく、亥ノ吉を見つけた」

「何だと。それじゃ、取り逃がしたのか……」

「ひそかに尾行して行き先を突き止めるつもりだったが、やつのつけている用心棒に気づかれてしまった」

菊之助はその用心棒に不意打ちをかけられ、さらに小島屋の女将・多津に会ってきたことなどすべてを話してやった。

「ふむ、そうであったか。……すると、また振り出しに戻ったようなものだな」

「ともかく亥ノ吉は、江戸にいるのが危ないのを承知でお町捜しをしている。それも用心棒を雇ってだ。盗まれた金はそれだけ半端な額ではないということだろう」

「亥ノ吉より先に、お町を捜し出さなきゃならないってことか……」

「もしくは、先に亥ノ吉を捕らえなきゃならないということだ」

秀蔵が深くうなずいたときだった。ぱたぱたと草履の音を立て、いかにも慌てた様子で寛二郎がやってきた。

「だ、旦那、大変です。お町の家に死体がありました」

「なんだと」

秀蔵が腰を浮かすのに、菊之助も驚いて縁台から立ち上がった。

第六章　小島屋

一

「ここです」

菊之助と秀蔵がお町の家に駆け込むと、提灯をかざして次郎が床下を指さした。居間の畳が剝がされ、さらに床板がのけられた床下に女が両膝を折る恰好で横向きに倒れていた。

「妙な臭いがするんで、畳を剝がしてみたらこの始末です」

五郎七が説明するように、みんなは手のひらや着物の袖で鼻をふさいでいた。この気候だから、死体は腐りかけているのだろう。死後何日か、正確なことはわからないが、秀蔵は自分の経験から、おそらく十日前後だと言う。

「よし、あげろ」

秀蔵の指図に、次郎たちは互いの顔を見比べた。気の進まないのはわかるが、甚太郎がさっと床下に下りて、

「手を貸してくれ」

と、次郎たちをあおぎ見た。

寛二郎が下りて甚太郎と死体を抱え起こし、次郎と五郎七が居間に引きあげた。

「絞め殺されたのか……」

秀蔵が死体のそばにしゃがみ込んで声を漏らした。

死体の首には紐(ひも)状の絞殺痕がくっきり残っていた。女の年は三十前後だ。髷(まげ)にも着物にも大きな乱れはなかった。目をしっかりつむっており、眠っているように見えた。

「いったい誰だ？」

つぶやいた秀蔵が、まわりにいるみんなを眺め渡した。

「ひょっとすると、お町かもしれぬ」

菊之助はそう言って、次郎に隣の者を呼んでくるように言った。

「隣の者なら誰でもいいんですね」

「誰でもいい。もし、これがお町ならすぐわかるはずだ」

次郎が家を出て行くと、秀蔵は町方の同心らしく、じっくりと死体の検分をはじめた。

女は井桁（いげた）模様の地味な紺絣（こんがすり）を着ており、髪は丸髷（まるまげ）だ。髷には櫛が刺さったままなので、強く抵抗しなかったか、できなかったのだろう。秀蔵は死体から女の身許を探ろうとしたが、懐や帯にも持ち物はなかった。

間もなく次郎が隣に住む亭主を連れて戻ってきた。死体だと聞いた亭主は、おどおどした様子で、家のなかに入ってきた。

「こっちだ。遠慮いらねえから、上がって見てくれ」

亭主は秀蔵にいわれるまま居間に上がり込んできて、恐る恐るといった体で死体をのぞき込み、にわかに目を見開いた。

「こ、これは……ここに住んでいたお町さんですよ」

菊之助の勘が的中した。

「間違いないか？」

「間違いございません。でも、どうしてこんなことに……？」

秀蔵に答えた亭主はそう言って、ぶるっと、身ぶるいした。

「秀蔵、亥ノ吉はお町が殺されているのに気づかず、お町捜しをしているということだ」

「つまり、お町を殺したのは亥ノ吉ではない……」

秀蔵は腕を組んで宙の一点を見据えた。

「どうする？」

菊之助の問いに、秀蔵はひとまず死体を自身番に運び、この一件の報告書を作ると言った。行ったのは湯島一丁目の自身番である。

「今日はここまでだ。みんな、疲れているだろうから帰ってゆっくり休め」

秀蔵は自身番の前で立ち止まり、菊之助らをひと眺めして、そう告げた。

「ただし、明日も早い」

「どこへ行くんで？」

五郎七が聞いた。

「お町の実家だ。亥ノ吉は自分の金をお町が持ち去ったと考えて、お町の行方を捜している。すると、お町の実家を訪ねるはずだ。すでに訪ねているかもしれないが、あたりはつけなければならないし、お町の死を親に知らせる仕事もある」

「もし、亥ノ吉がいなかったらどうされます？」

「うむ、他にやつの身辺を探っている者がいる。新しい種が出てくれば、考えて動くまでだ。ともかく今夜は引きあげろ。だが、酒を飲み過ぎるな」

秀蔵はみんなに一言釘を刺すと、自身番に消えた。

「菊さん、いっしょに帰りますか？　それとも残りますか？」

次郎が聞いてきた。

「いや、今夜は帰ろう」

菊之助は自身番に背を向けて家路についた。五郎七らもそれぞれの方角に去っていった。

「横山の旦那は大変ですね。おれたちは帰っていいけど、旦那はまだ仕事だ」

横に並んだ次郎が、雲間に点々と光る星を見ながら言った。

「やつの務めだからしかたないだろう。それに死体を見つけたばかりで、放っておくこともできない」

「横山の旦那は自分の責任を重んじる人ですからね」

「そうでなきゃ町方は務まらぬさ。……だが、誰がお町を……」

菊之助は夜気（やき）に疑問を流した。

二

「明日も晴れてくれるかね……」

お松は雨戸を閉める手を止めて、みどりを振り返った。

「晴れてくれなきゃ洗濯もできない。晴れてほしいものだわ」

みどりはお志津からもらった教本に目を通しながら答えた。すると、そばにお松がやってきて、どしんと音を立てて座った。なんだと思ってみどりが顔を上げると、お松が厳しい表情で見てくる。

「あんた、逃げる気はないのかい？」

「……」

「二、三日考えると言ったけど、その気がないんだろう」

「……そんなことはないわよ。でも、いったいどこへ逃げるというの？」

「ともかく、江戸を離れるのさ。あんたは見つからないと思っているかもしれないけど、いつどこで誰に会うか、見られるかわからないだろ。化粧をしないから、わからないというけど、見る人が見ればきっとわかってしまうよ」

「……でも」

「いいや、油断はならない」

お松は首を振って強く言った。行灯の明かりが、その厳しい目に映り込んでいる。

「金はあるんだ。二年、いや三年も我慢すれば、ほとぼりは冷める。そうなってから江戸に戻ってきたければ戻ってくればいい」

「姉さんの言いたいことはわかるけど……」

みどりは姉の視線を外して、どこか遠くを見る目になって考えた。お松の言いたいことはよくわかっているつもりだった。しかし、この長屋はあまりにも居心地がいい。越してきたばかりだけれど、近所の人たちともうまくゆきそうだし、悪い人はいない。

「お杉、いや、みどり」

お松は名前を言い替えると、膝をすって近寄り、みどりの手を取った。

「明日、いっしょに逃げよう。それが二人にとって一番いいことなんだよ」

みどりは唇を軽く嚙んで、わかっているとつぶやいた。

「だったら、そうしようじゃないか……」

「そう急かさないで姉さん。わたしだってよく考えているんだから……。でも、だんだんわからなくなってきたのよ」

「何がわからないんだい？」

言葉に詰まったみどりは、また考え込んだ。

夜は静かだ。

遠くで赤ん坊の泣き声と、夜廻りの拍子木の音が聞こえるぐらいだった。

しばし考えたみどりは、お松を真正面から見た。

「正直に言うと、わたしはこの長屋の暮らしが気に入ったのよ。それに、知らない土地に行くことに気乗りがしないの」

「そんなこと言ってる場合じゃないだろ。あんたは追われているんだよ」

「でも、きっと死んだと思われている」

「それはあんたの勝手な思い込みだよ」

そう言われると、不安に心が揺れる。

「でも、姉さん、ひとつだけ教えて……」

「なんだい？」

「いったい姉さんの旦那さんはどんな人なの？」

お松は一瞬、視線をそらして答えた。

「それはあんたは知らないほうがいい。もしもってことがあったときに、あんたが知っていたら、ひどいことになる」

「どうして……？」

みどりはくるっと目を大きくして、首をかしげた。

お松は大きなため息をついて、

「わたしは大きな声じゃ言えないけど、人の金を盗んだ泥棒じゃないか。もし、あんたが誰の金を盗んだか知っていたら、同じ罪になるんだよ。盗人を匿ったってことで……」

「そうなの……」

みどりはその辺のことに疎かった。長い廓暮らしのなかでは、いろんなことを学んだが、「御定書」を教えてくれる人はいなかった。

「それじゃ、いったいいくらのお金を……」

「しっかり数えてはいないけど、百両は下らないわ」

「百両……」

みどりは目をぱちくりさせた。まさか、そんな大金を盗んでいるとは思わなかった。せいぜい二、三十両ではないかと思っていたのだ。

「そうさ。だからわたしはじっとしておれないんだよ。十両盗めば首が飛ぶってことは、おまえだって知っているだろう」

もちろん、そのぐらいのことは知っていた。

「そのお金の持ち主の旦那さんは、姉さんが持ち逃げしたことに気づいているの？」

「さあ、それはどうだろうか……。まだ気づいていないかもしれない。でも、いずれは気づくことになる。そのときのことを考えると、夜もゆっくり眠れないんだよ」

「姉さん……」

みどりはじっとお松を見つめた。

「なんだい？」

「姉さんひとりで逃げるというのは……」

「それはできないよ」

お松は強く遮って言葉を継いだ。

「こうやってせっかく会うことができたんだ。それに、あんただって安心していられないか身じゃないか」

みどりはまた黙り込むと、あらためて顔を上げ、

「それじゃ姉さん、もう一日だけ、もう一日だけ考えさせて」

と、懇願するようにいった。

お松はあきれたように大きなため息をついた。

「……わかったわよ。それじゃ一日だけだよ。ほんとに一日だけだからね」

三

天気は一晩持ち、さっきまで朝日も射していたが、西の空にまたもや不気味な黒雲が漂いはじめていた。

亥ノ吉は乾きはじめた地面を歩きまわる鶏を眺めていた。

お町の父親は加兵衛（かへえ）と言い、母親はおすえと言った。二人ともおとなしく、亥ノ吉の指図と源信の我が儘（まま）にしたがっている。

「おい、亥ノ吉。今日もここにいるのか？」

源信がさも腹いっぱい食ったと言わんばかりの顔で戸口から出てきた。満足そ

うに腹のあたりをさすっている。

「それをいま考えてんですよ」

「ここは飯もうまいし、年寄りもよく言うことを聞いてくれる。悪くないところだ。二、三日のんびりするか……」

「まったく、のんきなことを……」

亥ノ吉は源信に聞こえないように吐き捨てて、足許の小石を蹴った。鶏が驚いて飛び上がり、鳴き声をあげた。

亥ノ吉は、お町はここには帰ってこないのではないかと考えた。金を持ち逃げしたことが、自分に知れているのはとうにわかっているはずだ。すると、自分がまっ先にお町の実家に行くと考えるはずだ。そうであれば、決してこの家には近づかないだろう。

だが、そうなるとお町の行方はわからずじまいだ。それが問題だった。亥ノ吉は、悔しいがお町捜しをあきらめようかと考えはじめていた。

どこに逃げたかわからないのだ。何か捜す手掛かりでもあればいいが、それがまったくない。だが、自分には金がいる。

「北村さん」

亥ノ吉は縁側でごろ寝をしている源信を振り返った。

「何だ？」

源信はそう言って、大きなあくびをする。

「無駄かもしれません」

「無駄……何がだ？」

源信は鼻くそをほじり、指先で丸めて弾き飛ばした。

「お町を待つことです。あの女、ここには戻ってこないかもしれない」

「おまえは戻ってくると踏んでここに来たんだろう」

「そう思ったんですが、当て外れだった気がするんです」

「ふうん。それじゃ、どうするんだ？」

亥ノ吉は西の空を覆いはじめている黒雲を見た。もはや勝負に出るしかないか、と内心でつぶやいた。

「……店に行こうか……」

亥ノ吉は源信に聞こえないつぶやきを漏らした。こうなったからには、お町の金をあてにするわけにはいかない。ただでさえ命を狙われているのだ。店で金を都合して逃げる。それが最善策だ。亥ノ吉はようやく気持ちの整理をつけた。

もっとも、持ち逃げされた金をあきらめるわけにはいかない。いずれお町を捜し出して、金は取り返すつもりだ。

「どうした？」

「お町のことは、この際あきらめましょう」

「なんだと……」

源信が太い眉を動かして、半身を起こした。

「金はどうするんだ？　三百五十両をあきらめるというのか」

「すっかりあきらめるんじゃありませんが、いまはそうするしかないんです」

「それじゃおれの分け前はどうなる？」

「それは……ないってことに……」

「なんだと」

源信はまなじりを吊り上げた。

「用心棒代は払いますよ。それに、うまくいけば色もつけます」

「どういうことだ？」

「深川の店に戻って金を都合するんです」

「おまえの店は危ないんじゃないのか」

「おれはのこのこ顔を出せませんが、北村さんは別です」

源信は眉を上下に動かした。

「おれに店の金をぶんどってこいってわけか」

「まあ、そんなとこです」

「で、いくらになる？」

「それはわかりませんが、二、三十両の色ぐらいはつけられるでしょう」

ほんとはそんな金など渡したくないが、この際しかたなかった。

「三百五十両が三十両か……けッ、しようがねえな」

源信は胸毛を引っ掻いてあきらめ顔になった。

「また、雨になりそうですから、少し様子を見て行きましょう」

亥ノ吉はそういってまた西の空を見た。そのとき、ぽつんと雨粒が頰をたたいた。

金杉下町から三河島村に入ったとき、沛然(はいぜん)と雨が降りはじめた。

秀蔵にしたがう菊之助たちは、各々傘をさしたり、雨具を肩に掛けた。眼前には青田が広がり、蛙の声がかまびすしい。

雨はひとしきり強い降り方をしたあと、徐々に弱まり、田の先にある林や森にうっすらと靄をかけた。

田のなかで草取りをしていた百姓が、半身を起こして腰をたたき、また草取りにかかった。雨具もなにもつけず、雨に打たれながらの作業だ。畦にいる女房らしき女が、笠の顎紐を締めながら、村道を歩く菊之助一行をめずらしそうに見送った。

秀蔵を先頭に菊之助、寛二郎、五郎七、甚太郎、次郎とつづいている。みんな草鞋履きである。

お町の父親は加兵衛と言い、母親はおすえという名だとわかっていた。また、お町にはひとり妹がいたが、こちらは奉公先で流行病にかかり三年前に死んでいた。

「甚太郎」

秀蔵は声を発して、足を止めた。そこで道が三つに分かれていた。

「何でしょう？」

「加兵衛の家を聞いてこい。あそこに百姓がいる」

秀蔵の指さすほうに、荷車を引いて歩いている百姓がいた。それを見た甚太郎は小走りに駆けていった。一行はその様子を黙って見守った。

百姓と短いやり取りをした甚太郎は、すぐに駆け戻ってきた。

「家はこの道をまっすぐ辿っていけばいいそうです。すると、小さな地蔵堂があり、家はそのすぐそばらしいです」

「よし、急ごう」

秀蔵は塗笠の庇を指でちょいと持ち上げて、再び歩き出した。

「おい、妙なやつらがくるぞ」

加兵衛の女房・おすえからにぎり飯を受け取った源信が、戸口に立って亥ノ吉をうながした。言われた亥ノ吉は、田の先に見え隠れする男たち一行に目を注いだ。にわかに心の臓が高ぶってきた。こういったとき、追われる者の勘は敏感に働く。

「北村さん、追ってきたやつらかもしれません」

「どうする？　迎え撃ってやるか……」

「冗談でしょ。向こうは数が多すぎます。行きましょう」

亥ノ吉はそう言うなり小さな庭を横切り、家の裏にある道に急いだ。低い土手があり、身を隠すのに役立った。

「急いでください」

亥ノ吉は遅れがちな源信に苛立った声で言い、土手を上がり、追っ手の様子を窺った。一行は加兵衛の家のそばまでやって来ていた。

「なに、ついさっきまでいただと！」

加兵衛の家を訪ねた秀蔵は、話を聞くなり大きく目を瞠った。

「ほんのすれ違いでございます。いったいあの方たちは何をされたんでございます？」

そういう加兵衛に、

「あの方たちはうちの娘を捜しておりましたが……」

おすえが口を添えた。

秀蔵は一瞬の逡巡を見せたが、亥ノ吉とお町の関係、それからお町が昨夜湯島の家において死体で発見されたことを簡略に話した。

聞いた年寄り夫婦は、一瞬息を呑み、信じられないという顔をした。

「それじゃ、さっきまでいた北村源信という浪人と亥ノ吉という男は……」

加兵衛はおろおろしながら秀蔵ら一行を眺めた。

「お町を殺したのは別の者だろうが、亥ノ吉は人殺しだ。ともかく、やつらは裏の道から逃げたのだな」

「はい」

「どこへ行くとか言っていなかったか？」

「江戸に戻るようなことを話していました」

答えたのはおすえだった。

「江戸へ……」

「そんなことを耳にしました。それで、お町のことはどうすればよいのでしょうか？」

おすえが半分泣き顔で、悲鳴のような声を漏らした。

秀蔵はさっと、控えている菊之助らを見た。

「寛二郎、この二人を湯島に案内しろ。詳しいことはおまえが教えるのだ」

そう指図した秀蔵は、残りの者をともなって亥ノ吉の追跡を開始した。

四

お志津はじっとしていることができなかった。体を動かし、忙（せわ）しくさせていなければ、不吉なことをうっかり考えてしまう。口では気丈なことを菊之助に言っているが、内心は穏やかでなかった。

秀蔵の手伝いがどれほど危険をともなうかは考えるまでもないし、また菊之助は小料理屋〈多河〉の女将・おふじの死を、自分の責任だったと深く後悔している。

そのことが菊之助を亥ノ吉捜しに奔走させているのだが、できることなら町方にまかせて、おとなしく研ぎ仕事をやっていてほしい。もちろん、それが無理なことは、お志津自身百も承知だ。だからといって菊之助の身を案じずにはいられない。

暇を持てあましていると、心配は募るばかりである。雨のおかげで外に出て気を紛らわすこともできないので、お志津は朝から縫い物や掃除に余念がなかったが、それも手間取るほどでもない。

そこで思いついたのが料理だった。作りはじめたのはおはぎだった。小豆を煮てつぶし、こし餡を作り、米にもち米を混ぜて炊き込んだ。酒好きの菊之助は、あまり甘いものを好まないが、おはぎは別だった。

小豆はやわらかくなるまでコトコト煮て、砂糖と塩をまぶして味を調えてゆく。やわらかくなったところで小豆をつぶしていった。

そんな作業をしているうちに、町奉行所同心の妻のことを考えた。とくに秀蔵の妻女のことに思いを馳せる。身の危険をともなう仕事、それこそ死と隣り合わせの役目についている夫のことを、いつもどんな気持ちで思っているのだろうかと。

年がら年中、自分のようにおろおろしていたら、妻としての役目は務まらない。そんなことを考えると、わずかに気が楽になった。

しかし、町方同心の妻になる女は、嫁入りのときから、その覚悟ができているはずだ。自分とは違うと思いもする。

「ああ、いやだ、いやだ」

お志津はくよくよしている自分に嫌気がさして、ひとり勝手に愚痴った。

「しっかりしなきゃ、しっかりね、お志津さん」

と言って、自分を慰めたりもする。

昼四つ（午前十時）には、おはぎが出来上がったが、思いの外量が多かった。もちろん近所へのお裾分けも考えていたのだが、ふと、みどりはどうしているだろうかと思った。数日前からお松という姉が遊びに来ているのは知っていたが、どんな人だろうかと気にもなっていた。

「持っていってあげよう」

独り言を言ったお志津は、皿におはぎを盛り、雨に濡れないように笊で蓋をして、風呂敷で包んだ。みどりの手習い師匠のほうも気になっていたが、まだ本格的にはじめていないらしい。近所の者の話だと、梅雨明けからはじめるとも聞いているし、菊之助からはまた越すことになるかもしれないということを耳にしている。

家を出たお志津は一度空をあおいだ。雨はなかなかやまない。花を落とした菖蒲がしっとり濡れていた。お志津は下駄音を吸う地面を踏みながら、みどりの家に向かった。

「……殺されでもしたら、どうするんだい？」

みどりの家の戸口に来て傘をたたもうとしたとき、そんな声が聞こえた。お志津はそのまま地蔵のように固まった。

「殺されるってそんな大袈裟なことが……」

「甘い考えをしてちゃいけないよ」

みどりの言葉を遮ったのは、姉のお松のようだ。

「わたしだけじゃない。あんただって、もし見つかったら元の木阿弥じゃないか。自分ではそんなことないと言っているけど、どうなるかわからないだろ」

「それは……」

「ほんとにじれったいね。もう迷っている場合じゃないんだよ。そりゃ、わたしが来たことで迷惑かもしれないけれど、わたしはあんたのことも思って言ってるんだよ」

「姉さん、それはわかっている。わかっているけど……」

「それじゃ言うけど、思い出したことがあるんだ」

「……なにを？」

しばらく沈黙があった。

戸口の前にいるお志津は、耳をすましたまま動くことができなかった。

雨が、ぽつ……ぽつ、と柊の葉をたたく音がする。

「さっき、家を飛び出してくるときに、手紙を残してきたことを思い出したのよ」

お松のこわばった声がした。

「手紙？」

「あんたの手紙を持ってくればよかったのだけれど、好きな簪(かんざし)を探しているとき、うっかり鏡台に置いたままだったことを……」

「それっていつの手紙なの？」

「あんたがここに越してきて、最初にくれた手紙だよ。二度目のはこうして持ってきたけど……」

また、しばらくの間があった。

聞き耳を立てているお志津は、気づかれたのではないかと思い、生つばを呑んだ。ビクンと、心の臓がはずんだ。

「姉さん、お金を返したらどうかしら」

「金を返す……？」

「そう、その旦那がまだ気づいていなければ、間に合うじゃない」

「無理だよ。とうに気づいてるに決まってる」

「気づいていないなら、お金を返すだけでいいんじゃないの」

「それじゃ、また囲われ者になれっていうのかい？」

「ううん、お金だけそっと返して、姉さんはここに来ればいいのよ」

「そんなことはできないよ。あの人はきっとわたしを捜すに決まってる。いいや、あの手紙を見られたら、もうここのことが知れている。いまにもやって来るかもしれない。そんなことになったら無事ではすまない。みどり、さっさとここを出ようじゃないか」

「待って、もうちょっと待って……」

それからの話は堂々めぐりだった。

立ち聞きしていたお志津は、息を殺したままそっと戸口を離れた。

五

亥ノ吉を追う秀蔵らは、三河島から金杉下町を抜けていた。ぬかるむ地面に残る足跡を頼りにしていたが、それもいつしかわからなくなっていた。亥ノ吉は北村源信という用心棒をつけているが、二人の姿を見ることはなかった。

下谷坂本町まで来た秀蔵は、往還に立ちつくして、周囲に視線をめぐらした。傘をさしたり合羽を羽織った町の者たちが行き交っている。裸足で駆けていく子供の姿もあった。

「……これじゃわからないぞ」

同じように辺りを窺った菊之助がいった。

秀蔵は唇を引き結んだまま、思い詰めた顔で考え込んでいた。

「やつらは市中に引き返した。加兵衛の女房はそう言っていたな」

菊之助が言葉を足しても、秀蔵は黙したままだった。他の者たちも、そんな秀蔵を黙って見ていた。

米俵に雨除けの筵をかけた大八車が、一本の轍を残しながら横を通っていった。轍にはすぐに水がたまった。

「手分けしよう」

ずいぶん経ってから秀蔵が口を開いて、みんなを見た。

「菊之助、おまえと甚太郎は、林蔵の家をあたってくれ」

「林蔵の家……」

「そうだ、亥ノ吉は昔からことあるごとに林蔵を頼りにしている。市中に戻ると言った亥ノ吉は、また林蔵を頼っているかもしれぬ」

「おまえはどうする？」

「おれたちは浜助にもう一度会ってみる」

浜助——亥ノ吉が自宅で使っていた下男だ。

「何かわかったら、高橋北詰の番屋に知らせろ。そこに次郎を待たせることにする」

「いいだろう」

一行は雨中を急ぎ、下谷屏風坂下で二手に分かれた。

菊之助は甚太郎といっしょに、浅草新寺町（しんてらまち）の通りから浅草を抜け、吾妻橋を渡った。林蔵の家は橋を渡れば目と鼻の先だ。

「旦那、何か考えでも……」

河岸道に出て、ずっと黙り込んでいた菊之助に、甚太郎が話しかけてきた。

「うむ。亥ノ吉は林蔵の家には行っていないかもしれない」

「……それじゃ、どこへ？」

「やつの店だ」

「小島屋ですか？」

「そうだ」

　菊之助は道の遠くをすかし見た。

　傘をさした子供が、水溜まりを蹴って遊んでいた。

「亥ノ吉は金を欲しがっている。お町を捜すために、お町の実家にまで行っている。しかし、お町はいなかった。市中に戻るということは金を手にするためだ」

「へえ……」

「亥ノ吉はすでに林蔵から三十両を工面してもらっている。再び、林蔵を頼るとは思えない。金があるのは小島屋だ。それに自分の店でもある。危険は承知だろうが、北村源信という用心棒を使うことができる」

　聞いていた甚太郎は、はっと目を見開いた。

「深川だ」

　一言つぶやいた菊之助は足を速めた。

　空は雨を降らしつづけている。菊之助と甚太郎は脇目もふらず歩いた。草鞋はじっとり雨を吸い、もはや用をなさなかったが、かまってはいられない。それでも万が一のことを考え、深川万年町（まんねんちょう）の履物屋で新しい草鞋を買い求め、履き替えた。亥ノ吉についている用心棒とは一度立ち合っている。並の腕ではないことはわかっているから、足許を疎かにはできない。

小島屋のある仲町が近づくと、周囲に視線を配り、足をゆるめた。小さな堀川の向こうにある富岡八幡宮の鬱蒼とした森が、雨に濡れて鈍い光を放ち、高い木の上には瘴気のような靄が漂っていた。

小島屋のある岡場所の通りは静かであった。人もまばらで、どの女郎屋もひっそりしていた。亥ノ吉の姿も、亥ノ吉を狙っている男たちの姿も見えない。

岡場所には昼間から酒を出す待合いを兼ねた店がある。そんな店に掛けられた行灯の仄明かりがいくつかあった。

「そこの店に入って様子を見よう」

菊之助は小島屋を見張れる、小さな料理屋に入った。

北村源信は屏風で仕切っただけの「割床」と呼ばれる相部屋ではなく、女郎と二人だけになれる小部屋に入った。ついたのは彩乃という若い女郎だった。肩を抜いた肌に塗った白粉がなまめかしいが、源信の目当ては金である。

「女、女将を呼んでこい」

源信は彩乃が運んできた酒を、勢いよくあおってから言いつけた。

「女将さんを……」

「そうだ。ちょいと話があるんだ。さあ、呼んでこい」

鋭くにらんで言うと、彩乃は気圧（けお）されたように立ち上がって部屋を出て行った。

階段を下りる足音を聞きながら、源信は手酌で酒を飲んだ。店は暇そうである。

二階の客間にも人のいる気配はなかった。

やがて、彩乃といっしょに女将の多津がやってきた。

「何か御用でしょうか？」

多津は部屋の入口に座したまま源信を見た。警戒している目である。

「女、おまえは下がってろ。女将とちょいと内密な話をしなきゃならない」

多津は彩乃と顔を見合わせたが、

「それじゃ、下がっておいで」

と、言って彩乃を去らせて、部屋のなかに入ってきた。障子は開けたままだ。

「閉めろ」

源信が頭ごなしに言うと、多津はしかたなさそうに障子を閉めた。

「まさか、揚代（あげだい）の相談じゃないでしょうね」

「馬鹿を言え。おれがそんな細かいことを言う男に見えるか。話は簡単だ」

「何でございましょう？」

「店の有り金全部をよこすんだ」

「な、なんと……ご冗談でしょう」

多津は一瞬驚いたが、すぐに笑いで誤魔化そうとした。しかし、その顔はすぐに凍りついた。源信が素早く抜いた刀を、多津の首筋につけたからだ。

「冗談なんかじゃねえ。下には用心棒がいるようだが、まあ、おれの相手じゃないだろう。だが、騒いだり大きな声を出してみな。あっさりおまえの命は消えることになる」

ふふふ、と不気味な笑いを漏らした源信は、盃をあおった。

「か、金なんかございませんよ」

多津が声を漏らしたとたん、源信は目に力を入れてにらんだ。

「舐めるな、婆。言ったとおりにすりゃいいんだ。金はどこだ？」

「金は……」

多津は顔色をなくして、ふるえ上がっていた。

「どこだ？」

「し、下の帳場に行かなきゃ……」

「いいだろう。だが、へたな考えはよすことだ。用心棒に助けを求めようなんて気を起こすな。妙なことをしたら、そのときがおまえの寿命だということを心得ておけ。おれは脅しで言ってるんじゃないからな。さ、行け」

源信は多津に突きつけていた刀を引き、鞘に納めた。いつでも抜けるということを忘れるなと、釘も刺した。

狭い階段を下り、帳場に入った。多津は明らかに狼狽えていたが、源信はかまわなかった。ただし、襖の開いた隣の部屋に、柱にもたれた目つきの悪い痩せた用心棒がいる。目が合うと、用心棒は柱から背中を離した。源信は首の骨を、コキッと鳴らして、すうっと襖を閉め、用心棒の視界をふさいだ。

「早くしな」

多津に急がせると、

「女将、大丈夫なのか？」

用心棒が声をかけてきた。源信は多津を強くにらんだ。

「ええ、なんでもありませんよ」

多津はふるえそうな声を返し、茶箪笥の抽斗を開け、ずしりと重そうな巾着をつかんだ。源信はその横の手文庫に手をかけた。多津が慌てたように体を動かしたが、源信が片手で刀の鯉口を切ると、観念したようにため息をついた。手文庫のなかには粗末な半紙で包まれた金があった。源信はそれをつかんで懐に入れた。

「これで全部か？　他にもあるんじゃねえか？」

「もうありませんよ。ご覧のとおり、店はずっと暇なんですから……」

源信は嘘だと思ったが、ここで欲をかくのは損だろうと思った。隣の用心棒と渡り合うことになると面倒だ。

「いっしょについて来るんだ」

「どこへです？」

「いいから……もたもたするんじゃねえ」

「おい、女将」

また用心棒の声。今度は源信が答えた。

「何も心配はいらぬさ。ちょいと大事な用があるんで、出かけてくるぜ。なあ、お多津」

そう言って、おまえも何か言うのだと目顔で言い聞かせた。

「ああ、すぐに戻ってきますから……」

六

「……旦那の勘が当たりましたね」

格子窓に顔をつけていた甚太郎がつぶやいた。

うむ、とうなずく菊之助も、小島屋から出てきた多津と源信の姿を見ていた。多津が前を歩き、源信が後ろについている。多津には落ち着きが感じられなかった。

「亭主、勘定だ」

菊之助は縁台に金を置いて店を出た。ちょうど、源信と多津が角を曲がって見えなくなるところだった。

「おそらく二人の行くところに亥ノ吉が待っているはずだ。甚太郎」

菊之助は傘を前に倒して歩いている。

「へい」

「怯むな。下腹に力を入れるんだ」

「は、はい。……己に勝ちます」

甚太郎は小さな声で言って、下腹をたたいた。

源信と多津は堀沿いの道から、深川の目抜き通りである馬場通りに出て左に折れた。人の数が増えたが、晴れた日ほどではない。

菊之助は源信から半町ほど離れてあとを尾けた。

「甚太郎、後ろから尾けてくるような者はいないか？　相手に気取られないようにたしかめるんだ」

菊之助は源信と多津から目を離さずに言った。甚太郎が何気なく背後を探り、

「……誰もいません」

と、ひそめた声で言った。

「そうか」

亥ノ吉を狙う吉原の連中は、見張りをやめてしまったのかもしれない。また、町方の手先もすでに小島屋の見張りは解いていた。

多津は何度か源信を振り返った。その度に、源信が短い言葉を吐いて顎をしゃくるのがわかった。

やがて、二人は二ノ鳥居をくぐり、富岡八幡宮の参道に入った。菊之助と甚太郎は鳥居の陰で、二人が境内に入るのをたしかめてから参道に足を進めた。

両脇の樹木が風に揺れると、葉にたまった雨水が、ぼとぼと音を立てて落ちた。雨のせいで参詣客の姿は見えない。境内にある茶店も開店休業らしく、葦簀を立てて、倒れないように縄をまわしていた。

多津と源信の姿は参道の右に切れて見えなくなった。菊之助は短い階段を上がると、用心をしながら足を進めた。塔頭の向こうに人影が見えた。大きな欅の下だ。

菊之助は塔頭に身を寄せて、様子を窺った。甚太郎も脇の石柱にぴったり身を寄せ、欅下の薄暗がりに目を注いだ。

多津と源信が短いやり取りをしているが、声は聞こえない。亥ノ吉の姿もない。菊之助は目を凝らした。と、奥の弁天池のほうから人影が現れた。

亥ノ吉だ。菊之助は目を光らせた。

「てめえ、舐めたことしやがって！」

憤った亥ノ吉の声がはっきり聞き取れた。

「わたしゃ、何も舐めてなんかいませんよ。……は、持ってきましたから。……言われたとおりこれ、このとおりです」

多津のふるえ声がとぎれとぎれに聞こえた。とたん、頬を張る音が森閑とした境内に短く響いた。頰を張られた多津が地に転がり、巾着を落とした。金音が聞こえ、多津の悲鳴がわいた。亥ノ吉に蹴られたのだ。二度三度……。地に転がった多津は体を海老のように丸め、うめいている。

そのそばで巾着を拾った亥ノ吉が、金をたしかめていた。

「甚太郎、おまえは亥ノ吉を押さえるんだ」

「へい」

甚太郎が腰の十手を抜いて構えた。菊之助は身をさらして、三人のところへ向かった。相手はすぐには気づかなかった。

「亥ノ吉、そこまでだ」

菊之助の声で、亥ノ吉と源信が振り返った。

「あ、てめえは……」

そう言って目を瞠ったのは、源信だった。菊之助は畳んでいた傘を源信に投げつけると、刀の反りを打った。源信は飛んできた傘を、身をひねってかわすなり抜刀した。

「北村といったな、おぬしに用はない。用があるのは亥ノ吉だ」

無駄な科白だとわかっていたが、言わずにおれなかった。

「舐めたことを……てめえ、町方だな」

源信は勝手に決めつけて地を蹴った。抜き身の刀が刃風をうならせて、菊之助に襲いかかってきた。だが、菊之助に怯みはなかった。

半歩脇に身をそらすなり、鞘走らせた刀で、撃ち込まれてきた源信の刀を払った。

ちりん、と金属音が響いた。

菊之助は目の端で、甚太郎が亥ノ吉を取り押さえに行ったのを見た。直後、体勢を立てなおした源信が、片膝を地についたまま片手斬りに刀を振ってきた。菊之助は銀杏(いちょう)の大木の下に逃れ、青眼に構えなおした。

口をへの字に引き結んだ源信の目が、仁王像のように赫々(かっかく)と燃えあがった。菊之助は冷静さを保つために、すうと気取られないように息を吐く。

源信は八双(はっそう)に構えたまますり足で、間合いを詰めてくる。六尺はあろうかという大男だから、剣気を募らせたその迫力はすさまじい。風が吹き、横殴りの雨が頬をたたけば、頭上の枝葉からぼたぼたと雨の溜まり水が落ちてきた。

「おりゃー!」

裂帛の気合を発した源信が、袈裟懸けに刀を振り下ろしてきた。刹那、菊之助は右足を強く蹴り、前に飛びながら脇胴を抜きにいった。

源信の勢いで出来た風が、雨を弾き飛ばし、足許で泥水が撥ねた。

菊之助の刀は源信の袖を払ったにすぎなかった。また、源信の刀は空を斬っただけだった。二人は位置を変えるなり、同時に振り返った。

菊之助は休まなかった。そのまま突きを見舞うと見せかけ、一瞬の早業で引いた刀の柄頭で、源信の顎を打ち砕いた。

「うげぇ……」

刀を大上段に振りかぶっていた源信が奇妙な声を漏らし、たたらを踏んだ。菊之助はその後ろ襟に、刀の峰を返して撃ち込んだ。

どすっと、鈍い音。短く源信のうめき。

大きな体はそのまま前のめりに倒れた。その拍子に、懐にしまっていた紙包みの金が落ちて、小さな音を立てた。

源信が気を失ったのをたしかめた菊之助は、すぐさま亥ノ吉を取り押さえようとしている甚太郎のもとに駆けた。

亥ノ吉は中腰になったまま、匕首を振りまわしていたが、甚太郎が見事にその匕首を払った。くるくると宙を飛んだ匕首は、水溜まりに落ちた。

その瞬間、甚太郎の十手が亥ノ吉の右肩をしたたかに打っていた。

「お見事ッ！」

甚太郎の働きぶりに、菊之助は思わず声を発した。だが、甚太郎はその声も聞こえなかったのか、亥ノ吉を組み伏せると、素早く両手を後ろにまわして縄を打った。それからようやく、そばにいた菊之助に気づいて顔をあげた。

「……旦那、やりました」

その顔はいつになく晴れやかだった。

「亥ノ吉を番屋に連れて行く。立たせろ」

「あの用心棒は？」

甚太郎が気を失って倒れている源信を見て言った。

「もちろん、やつもだ」

七

降りつづいていた雨が、その日の夕暮れにやんだ。

「菊の字、世話になった。それから甚太郎、お手柄だったな」

秀蔵に褒められた甚太郎は、

「いやあ」

と、照れを隠すようにうつむいて頭の後ろをかいた。

「だが、これですべてが終わったわけじゃない。お町殺しが残っている」

菊之助はすでにそのことに頭をめぐらしていた。

亥ノ吉と北村源信を押し込んだ永代寺門前町の自身番前には、いっとき野次馬がたかっていたが、いまはその姿もない。

秀蔵の調べに付き合った菊之助は、大番屋に連行される亥ノ吉と北村源信を見送ってから、自身番を離れた。

秀蔵の調べは亥ノ吉と源信だけでなく、小島屋の女将・多津にも及んだ。しかし、多津には殺しの嫌疑はなく、そのまま店に帰されていた。

「これで、少しは肩の荷が下ろせたかな……」

歩きながら菊之助は独りごちた。そのとき、先に行っていた甚太郎が、駆け戻ってきた。

「どうした？」

「へえ」

甚太郎はのっぺり顔をにやつかせ、

「今日の手柄は旦那のおかげです」

と、ぺこりと頭を下げて、礼をいった。

「そんなことはない。おまえの働きがあったからこそだ」

「いえいえ、旦那に己に勝てと言われたことで、あっしは勇気ってものを知りました。ここだけの話ですが、あっしはようやく意気地なしの自分と別れられる気がします」

「何を言ってる。おまえは意気地なしなどではない」

「旦那はやさしいや」

ぐずっと、甚太郎は鼻をこすって、目を潤ませた。この男、思いの外感激屋のようだ。秀蔵はそんな無垢な甚太郎に好意を持って使っているのかもしれない。

その感激屋は、

「ほんとに……」

と、今度は涙を手のひらで払った。

「甚太郎、こんなところでみっともない面を見せるんじゃない。早くみんなのとこに行かないか。秀蔵に怒鳴られるぞ」

「へえ、わかっておりやす。それじゃ、旦那、またです」

甚太郎は笑顔を見せると、ぺこりと辞儀をして、そのまま駆け去っていった。

菊之助は微苦笑を浮かべて見送ると、伊勢崎町の小料理屋〈多河〉に足を向けた。亥ノ吉捕縛は、まっ先に藤吉に知らせるべきだった。

多河の近くまで行ったとき、西の空を覆っていた雲がすっかり払われ、頭上にきれいな夕焼けが広がった。

妻の野辺送りを終えた藤吉は、すでに店を開けており、雨でしめった暖簾も乾きはじめていた。菊之助が店を訪ねると、藤吉が調理場から手を拭きながらやってきた。さいわい客がいなかったので、亥ノ吉が捕縛された経緯を存分に話してやることができた。

「そうでございましたか。ご親切にお知らせいただき、ありがとうございます」

「これで、おふじさんも少しは浮かばれるだろう」

「へえ、早速女房の墓に知らせてやります。それにしても、ひどいやつだ」

「まったくだ。だが、もう死罪は免（まぬか）れぬはずだ」

「当然でございましょう。あ、これはお茶も出さずに……」

慌てる藤吉を、菊之助は制した。

「よいよい。仕事の邪魔になってはならぬ。夜の仕込みをやっていたんだろう」

「いえ、そんなのはちょちょいのちょいですから……」

「だが、もう帰らねばならんのだ」

実際、研ぎ仕事が残っていた。

「それじゃ、またあらためてお越しください。うまい酒と肴を用意してお待ちしておりますので……」

「楽しみにしている。それじゃこれで……」

藤吉の店を出た菊之助は、雨上がりの道をゆっくり歩いた。水溜まりが夕焼けを映し、大川には舟の数が増えていた。

永代橋の途中で足を止めると、たおやかに流れる大川がもの憂げな夕日に染められ、水面をきらきらと輝かせていた。川下のずっと先に目をやると、鰺刺（あじさし）の群れが乱舞していた。

菊之助はしばらくそんな風景を眺めてから家路についた。

これで、ひとつ片づいたという思いがあったが、菊之助にはまた新たな問題が待ち受けているのだった。

第七章　朝焼け

一

「……みどりさんが……」

家に帰るなり、菊之助はお志津の話を聞いて驚いた。

「何もかも聞いたわけではありませんけど、お松さんがお金を盗んでいるのはたしかなようなのです。それに……」

「それに……なんだ？」

菊之助はお志津を食い入るように見た。

「みどりさんも何か困っていることがあるようなんです。それが何か、よくはわかりませんけど……」

お志津はそう言って、菊之助の茶を差し替えた。菊之助は開け放してある雨戸の外に目を向けた。遠くの空に星のまたたきがある。

「あんなこと聞かなければ、何もわたしが思い悩むことはないのですけど……どうしていいかわからないのです」

「お松さんは、殺されるかもしれないと言ったのだな」

「ええ、そんなことを話してました」

「……ただごとではないな」

菊之助は湯呑みを持って、ゆっくり茶を飲んだ。

「放っておいて、あの二人にもしものことがあったらどうしましょう」

お志津は気が気でない様子で、落ち着きがない。

「お松さんの言う人が、乗り込んできて刃傷沙汰にでもなったら……」

「ふむ、そうだな……」

菊之助は難しい顔をして腕を組み、つぶやき足した。

「……あまりよく知らないわたしが出ていって話をしてくれるだろうか？」

「それならわたしもいっしょに行きます。正直に二人の話を立ち聞きしたと言えば……」

お志津は一膝進めて言う。

「金を盗んでいるなら、口は重いだろう。いや、白(しら)を切られるかもしれない」

「それじゃ、どうすれば……」

菊之助は顎の無精髭をしばらくさすってから、お志津を見た。

「ここに呼んできてくれないか。さりげなく話をして、心を開かせよう」

「大丈夫でしょうか？」

「他にいい考えが浮かばないのだ。それに、この家だったら、お松さんの言う男も来ることはないだろう」

「わかりました。それじゃ何かうまい口実をつけて、呼んでまいります」

お志津が家を出てゆくと、菊之助は寝間に入って、着替えにかかった。帰るなり、お志津から話を聞かされていたのだ。研ぎ仕事は後まわしにするしかない。

着替えを終え、冷や酒を飲んでいると、間もなくお志津がみどりとお松を連れてやって来た。二人とも恐縮した様子で、丁寧な挨拶をした。

「まあ、上がって楽にしてください。何かと忙しかったもので、なかなかお目にかかることができずにおりましたが、ゆっくり話をしたいと思っていたんですよ」

菊之助は相手の気持ちを楽にさせようと、気さくに応じた。たしかに、みどりは先日会ったときより硬い表情をしていたし、姉のお松のほうは初対面ということもあろうが、さらに堅苦しそうにしていた。

「お酒でも出しましょうか」

お志津が気を利かして台所に立った。

「こっちの暮らしには慣れましたか？」

菊之助が姉妹を見ながら訊ねると、みどりが答えた。

「ええ、みなさんご親切な方ばかりで、すっかりこの長屋暮らしを気に入っております」

世間話をする間に、お志津が酒肴（しゅこう）を調えた。

菊之助が盃を手にすると、みどりがそつなく酌をしてくれた。お松は下戸（げこ）だと言うので、お志津が今日作ったおはぎを勧めた。

菊之助が気の置けない長屋の連中の話や、自分の仕事のことを話すうちに、二人にあった硬さがゆっくりほぐれてゆくのがわかった。

「それで、みどりさんは梅雨が明けたら、本式に手習いをはじめられるとか……」

「あ、いえ、それが……」

みどりは盃を手にしたまま口ごもった。お松がちらりとみどりを見た。

「弟子はもう引きも切らないんじゃありませんか。長屋の隠居もじっとしておれないという噂を聞きましたよ」

ははは、と菊之助は笑ったが、みどりは苦笑いを返しただけだった。

「ところで、じつはわたしは研ぎ仕事だけでなく、他の仕事もときどきやっているんですよ。この長屋の者もそれとなく知っておりますが……」

「どんなお仕事でしょう？」

みどりが興味ありげな目を向けてきた。行灯の明かりを受けるその顔は、やはり美しい。化粧気のない肌は羽二重（はぶたえ）のように滑らかだ。

「……他言（たごん）は謹んでもらいたいが、八丁堀の手伝いをしているんですよ」

言ったとたん、お松の顔に驚きが走った。みどりも絶句したように目を丸くした。

「それで、今日ちょいと妙な話を耳にしてね」

菊之助は口調を変えて本題に入った。

「妙な話とは……？」

みどりは身じろぎもせず聞く。

「聞き間違いならいいのだが、これは事の真偽を一応あらためておいたほうがよいのではないかと思ったのだよ。……お志津」

菊之助がうながすと、お志津は凛と背筋を伸ばして、その日立ち聞きしたことを正直に話した。

その間、みどりとお松は、雷に打たれたような顔で聞き入っていた。

「……そんなわけで気になって、差し支えなかったら話を聞いたほうがいいのではないかと思ったのですよ。もしものことを思えば、じっとしていられなくなりましてね」

すべてを話し終えたお志津は、それでどうなのかと、二人を交互に見つめた。

「本当のところはどうなんだね？」

菊之助が言葉を添えると、みどりとお松は顔を見合わせた。

「それは……お志津さんの……」

そう言うお松を、すぐにみどりが遮った。

「姉さん、もういいわ。何もかも包み隠さず話しましょう」

「みどり……」

「姉さん、こういうときは誰かの助けがきっといるのよ。二人だけではどうしようもないはずよ」

「だったら、わたしから話す」

お松も肚(はら)をくくったらしく、みどりを制して、居ずまいを正した。

二

お松は自分のことを淡々と話し終えると、つづいて、みどりのことも端的に打ち明けた。

「すると、みどりさんは吉原から……」

驚きの声を漏らしたのはお志津だった。みどりは静かにうなずき、

「先月の火事騒ぎに乗じて、わたしは足抜をしたのです。廓の者はみんな、わたしが死んだと思ってるはずですが、姉さんに諭されるうちに、それも自信がなくなり、どうしたらよいかわからなくなっていたんです」

「ふむ、そうであったのか……」

深くうなずく菊之助は、ゆっくりと盃を口に運んだ。

吉原の花魁なら読み書きはもちろん、唄や三味線もできるはずだ。手習い指南をはじめるというみどりのことはよくわかった。

「しかし、お松さん、あんたを囲っていた旦那というのは、いったいどこのどんな人なのかね？」

菊之助の問いかけに、お松は視線をそらして唇を嚙んだ。

「姉さん、言っておしまいよ。荒金さんは力になりたいからこそ、わたしたちをお呼びになったのよ」

みどりに言われて、お松は顔を戻した。

「わたしを囲っていたのは、本所にある田村屋という質屋の主でございます」

「なに、田村屋……ひょっとして南本所横網町の……」

「ご存知で……」

菊之助が驚いたように、お松も驚いていた。つまり、お松の旦那は、田村屋金兵衛ということなのだ。

「よくは知らぬが、深川で起きた花魁殺しの下手人がときどき訪ねていた店だ」

「そうだったのですか……」

「それで、盗んだという金は、いくらなんだね」

「……おそらく百両はあるかと思います」

「百両」

菊之助は目を丸くすると同時に、口を半開きにした。

「その金はどこに……？」

「千住のとある墓地に隠してあります」

「ふうむ……」

嘆息をして腕組みをする菊之助は、囲われていた家のことも聞いた。

「家は行徳河岸に近い小網町の小さな一軒家です」

「それじゃ、ここから近いではないか」

「だから、気が気でないのです」

「もう田村屋に戻る気はないのだな」

「ございません。世話になった旦那ではありますけれど、所詮、あの旦那はわたしをいいように弄んだだけで、情のひとつもかけてもらったことはありませんでした。それも下女にも劣るような扱いでしたから……」

そう言ったお松はよほど悔しい思いをしたのか、唇を嚙んで目の縁を赤くした。

「苦しい思いをしていたのね」

やさしげに言うお志津の言葉に、お松はこくんとうなずき、言葉を足した。

「人の金を盗んでおきながら勝手な言い分ですけれど、わたしは妹と江戸を離れて、もう一度やりなおしたいのです」

「なるほど、そういうことであったか……」

菊之助はそうつぶやいてから、長々と行灯の明かりを見つめた。あまりにもその思案が長いので、お志津が痺れを切らしたように、

「どうすればよいでしょう」

と、訊ねた。

菊之助はみどりとお松に顔を戻した。

「まだ、見込みはある。まずは金を元のところに返すことだ。それから二人はしばらく江戸を離れたほうがよいだろう」

「やはり、そうしたほうがよろしいでしょうか……」

みどりが不安そうな顔を向けてきた。

「うむ。吉原のことはみどりさんもよく知っていると思うが、甘く見ないほうがいい。江戸にいるのは得ではない」

「それならどうすれば……」

「まず明日、お松さんはお志津といっしょに金を取りに行ってくれないか」

「それはかまいませんが、お志津さんに迷惑では……」

「遠慮しないで。わたしはかまわないから」

お松に応じるお志津に、菊之助が言葉を継いだ。

「わたしはこれからお松さんの住んでいた家を見てこよう。みどりさんからの手紙を置き忘れてきたらしいが、それはどこに置いてある？」

「鏡台の上です」

「それもたしかめねばならぬな。それから、二人は今夜はここに泊まりなさい。こういったことは用心に用心を重ねたほうがよい。わたしは仕事場で寝るから、かまうことはない」

みどりとお松は戸惑いを見せたが、お志津の勧めもあり、菊之助の言葉にしたがうこととなった。

とりあえず話をまとめた菊之助は、家を出てお松の住んでいた小網町に向かった。家から四半里（約一キロ）程度の距離だから、たいした労力ではない。

提灯片手に夜道を歩く菊之助は、それにしても世の中にはいろんなことがあると、思わずにはいられない。

田村屋金兵衛が借り受けて、お松を囲っていた家は、行徳河岸の先にある汐留橋手前を左に折れた先にあった。入り堀に面している小さな家で、目の前には広大な大名屋敷がある。これは播磨姫路藩酒井家の中屋敷である。

屋敷塀越しに、枝振りのよい見事な松の影が夜闇に浮かんでいた。

お松の家には明かりはついておらず、ひっそり静まっていた。菊之助は裏口にまわり、勝手の戸を上手にこじ開けて、家のなかに入って様子を見た。部屋は台所の他に三間あったが、どの部屋も小ぎれいに整理整頓が行き届いていた。

金兵衛がやって来たかどうかはわからなかった。

だが、お松が忘れた手紙はどこにも見あたらなかった。手紙は金兵衛の手に渡っていると思っていいだろう。すると、すでにみどりの家も金兵衛は知っているはずだ。

表に出た菊之助は、遠くの空を眺めて、小さなつぶやきを漏らした。

「やれやれ、一難去ってまた一難か……」

三

翌朝、仕事場で一夜を過ごし、井戸端で顔を洗っていると、

「菊さん、おはようございます」

と、次郎が腰手拭いでやってきた。

「昨夜は遅かったのか？」

「いえ、そうでもありません。大番屋にしょっぴいちまえば、あとは横山の旦那の仕事ですから、おいらたちは軽く酒を引っかけてお開きです」

「……ともかくご苦労だったな」

菊之助はそう言って、顔をぬぐった。

「それで、今日なんですが、横山の旦那が大番屋のほうに来てくれってことです。話したいことがあるそうです」

「それじゃ、飯を食って顔を出すことにする。おまえはどうするんだ？」

「おいらもこれから大番屋に行きます。あとで会いましょう」

ばしゃばしゃと顔を洗いはじめた次郎を残して、菊之助は自宅に足を向けた。

昨日までは鬱陶しい雨つづきだったが、今朝は見事な青い空が頭上に広がっていた。雲のかけらもない晴天である。

「そろそろじゃないかと思っていたんです」

家に入るとお志津が声をかけてきた。居間には朝餉の支度が調っており、みどりとお松が挨拶をしてきた。

「よく眠れたかな?」

菊之助は挨拶を返して膳部の前に座った。

「話を聞いてもらったことで、なんだか心のもやもやが晴れました」

そう言うのはお松だった。昨夜と違いすっきりした顔をしていた。

「こんなことなら、もっと早くご相談しておくんでした」

と、みどりが飯をよそった碗を差しだしてくれた。部屋にはみそ汁と魚を焼いた匂いが漂っていた。

「だが、まだ安心はできん。ともかく今日は金を取りに行ってくることだ」

「はい」

お松が殊勝（しゅしょう）に返事をした。

「それにしても菊さん、昨夜よくよく田村屋の話を聞いたんですけど、もう腹が立ってしかたありませんでした。お松さんはよく我慢したと思いますが、それにしても田村屋はひどすぎます」

そう言ったお志津は、お松がどれほど田村屋金兵衛に虐げられた暮らしを強いられていたかを話した。

お松は妾にされたはいいが、一度として大事に扱われたことがなく、気に入らないことがあったり、虫の居所が悪いと殴る蹴るの暴行を加えられた。まるで腹いせの道具に囲われたようなもので、お松は金兵衛の顔を見るたびにびくびくしていなければならなかった。逃げ出さなかったのは、金兵衛に恐怖を植えつけられていたからだった。

──わしから逃げようなんて思うな。わしは人を虫けらのように殺す者を何人も知っている。もし逃げたりしたら、そいつらが命を奪いに行くと思え。

お松はそんな脅しを何度も受けていた。実際、金兵衛は人殺しのように怖い男を小網町の家に連れてきたこともあった。

「殴られたり、蹴られたりするのはちょっとしたことでした。障子の桟に埃があるとか、料理の味が悪い、草履の揃え方が違うなどと……」

お志津の話を引き継いで、お松が話した。

「平手ならまだしも拳骨(げんこつ)が飛んでくることもあり、そのときの傷がまだ残っております」

「それならもっと早く逃げればよかったのに……」

菊之助は憐憫(れんびん)を込めた目でお松を見た。

「何度もそう思いました。ですが、生きた心地はしませんでしたけれど、旦那が来た日だけ辛抱すればよかったので、なかなか踏ん切りをつけられなかったのです」

「ともかく今日は金を元に戻すことだ」

田村屋に憤りを覚えた菊之助は、怒ったように飯をかき込んだ。

小半刻後、菊之助は茅場町の大番屋で秀蔵に会っていた。

「とにもかくにも、亥ノ吉と北村源信の調べが終わらぬことには動きが取れぬ。すぐにでもお町殺しの下手人捜しにあたりたいのだが、それができぬ」

秀蔵はやきもきした様子で煙管を吹かした。

「一度に二つのことはできぬだろうから、しかたないだろう。それよりまた牢破りをされぬことだな」

菊之助がすました顔で言うと、

「てめえも、きつい皮肉をいいやがる」

と、秀蔵は苦い顔をして茶をすすった。

二人がいるのは、大番屋の溜まり部屋である。次郎と寛二郎がそばで暇をつぶしている。

「それで、お町殺しの下手人だが、これは初手からあたらねばならぬ。まずはお町の家の近所への聞き込みだ。寛二郎らにまかせてもよいが、おまえも手伝ってくれ」

「そんなことだろうと思っていたよ。それで、亥ノ吉は一連の殺しを認めたのか？」

「大筋では認めている。あとは細かいことを聞くだけだ。調べが終わり次第おまえたちと落ち合おう」

「用心棒の北村という男はどうなのだ？」

「あいつは金で雇われただけで、何も知らぬとぬかす。お町捜しを手伝っていただけだとな」

「やつもお町のことは知らないんだな？」

「亥ノ吉から名を聞いているだけで、顔も知らぬようだ。それから、北村は質屋の田村屋の紹介だったらしい」

「なに、田村屋金兵衛のか？」

　菊之助は眉を大きく動かした。

「何かあるのか……」

「いや、ちょっと気になることがあってな」

　話せば長くなりそうなので、菊之助は言葉を濁した。

「ともかくおまえの頼みはわかった。早速、みんなを連れて湯島に行ってみよう」

「悪いが、そうしてくれ」

　秀蔵が軽く目礼すると、菊之助は差料(さしりょう)をつかんで立ち上がった。それから寛二郎と次郎をともなって、湯島に向かった。甚太郎と五郎七は、先に湯島に行って聞き込みをしているとのことだった。

　通りを歩く菊之助は、お松の語ったことはまんざら大袈裟ではなかったと思っていた。田村屋金兵衛は、お松に脅しをかけたように、北村源信のような男を何人も知っているのかもしれない。

もっとも、お松も囲われた当初は、それなりに可愛がられたはずだ。だが、次第に金兵衛が本性を現し、ひどい仕打ちを受けるようになったのだろう。

町屋は梅雨晴れの天気とあって、普段のように人の往来が多く、商家の呼び込みにも勢いが感じられた。

だが、湯島のお町の家は、雨戸も玄関の戸も閉めきられたままだ。聞き込みにまわっているらしく、甚太郎と五郎七の姿もなかった。

「次郎、寛二郎」

菊之助はお町の家をのぞき込んだあとで、二人を呼んだ。

「お町の死体を見たかぎり、抗(あらが)った様子はなかった。つまり、お町は下手人のことを知っていたと考えることもできる。そうでなかったら、下手人は手際よく殺しのできるやつだろう」

「横山の旦那もそんなことを言ってました」

次郎が目を輝かせていう。だんだん町方の手先の顔になってきている。

「まずはお町と付き合いのあった者をあたろう。顔見知りならお町の家に入るのは造作(ぞうさ)ないし、隙を見て背後から一気に首を絞めることもできる。とりあえず、近所からはじめよう」

「何かわかったら、どうします？」

寛二郎が聞くのに、菊之助は一度まぶしい太陽に目を細めてから答えた。

「ここで落ち合うことにしよう」

それから虱潰し（しらみ）の聞き込みが開始された。

菊之助は昌平河岸に近い湯島横町から聞き込みをはじめたが、昌平坂学問所のそばに来て、

「旦那」

と、声をかけられた。

振り向くと、先に聞き込みをやっていた甚太郎だった。

「何かわかったか？」

そう聞くと、甚太郎は小さな目をきらきらさせて近寄ってきた。

「ちょいと気になる話を聞いたんです」

「何だ？」

「へえ、それが十日前だったかその前だったか、はっきりしないらしいんですが、お町が見慣れない女と話し込んでいるのを見た者がいるんです」

「見慣れない女？」

「万筋の小袖に、縹色の粋な帯を締めた女だったらしいんですが、この辺の者ではないし、お町がそんな女を知っているとは思わなかったので、妙に気になって覚えているというんです」

「そう言うのは誰だ？」

「へえ、この先にある小間物屋の女房です」

菊之助は甚太郎の指さすほうを見て、

「会って聞こう」

と言って、足を進めた。

四

「いえね、お町さんはよくうちに来て茶飲み話をしてくれたんですよ。それがあんなことになるとは思いもいたしませんで、ほんとにひどいことに……あ、どうぞ遠慮せず、お茶を召しあがってください。でも、早く下手人を捕まえてくださいましよ。そうでなきゃお町さんは浮かばれませんし、この町の者だっておちおち外を歩いていられないでしょ」

おせんという小間物屋の女房はおしゃべりだった。それも早口である。おそらくお町は、買い物に来てもこのおしゃべりに付き合わされたのだろう。

「それで、見慣れない女を見たそうだが……」

菊之助はようやく口を挟むことができた。おせんは茶請けの沢庵（たくわん）を切り、ついでに煎餅（せんべい）を出してくれる。

「そうなんです。ちょいと見は地味でしたが、いい着物を着てるなと思ったんです。それに商売女みたいに化粧が濃いんですよ。この辺であんな女を見ることはあまりないし、お町さんがそんな人と親しいとも思いませんでしたからね」

「その女の年は、いくつぐらいだ？」

「さあ、いくつかしら、親子には見えなかったから……でも四十は越してるんじゃないかなあ……。旦那、遠慮しないで煎餅もありますから」

おせんは煎餅を盛った皿を勧める。

「その女の名とかどこに住んでいるなんてことは……」

「そんなのわかりっこありませんよ。知ってりゃ端（はな）から話してますよ」

おせんは菊之助を遮り、手を振りながら言った。

「それじゃ、お町とその女はどこで話をしていた？」

「そうそう、二度見かけたんですよ。最初はお町さんの家のそばで、二度目は昌平河岸の船着場でした」

菊之助は二度見たというおせんの証言に、眉宇をひそめた。それに船着場というのが頭に引っかかった。

「他に何か覚えてはいないか?」

「他に……さあ、他にはねえ……。でもあの二人、いったい何を話していたんだろう。お町さんの旦那は人殺しだったっていうし、まったく世の中なにがあるかわかったもんじゃありませんね」

おせんの話は放っておけば、どんどん本筋から逸れそうだ。

「その二人が会っていたのは昼間だったか、それとも夜だったか。それはどうだ?」

「昼間というか、夕方に近かったですね。お町さんはいつも悩ましげな顔をしていたけど、あのときは何だか思い詰めているように見えましたね」

「ふむ、なるほど。おかみ、いい話を聞かせてもらった」

「あれ、もうお帰りで……」

話し相手がいなくなるのが淋しいのか、おせんはがっかりした顔を向けてきた。

「また、来るかもしれぬ」

菊之助はそれだけを言って、おせんの店を離れた。

「旦那、あっしは思うことがあるんです」

菊之助が腕を組み、思案をめぐらせながら歩いていると、甚太郎が横に並んでいう。

「なんだ？」

「へえ、あの女房が見た女は、二度お町に会ってますね。それも定かではありませんが、十日ぐらい前です。それに、その女を見てから、あの女房はお町の姿を見なくなったと言っております」

菊之助は立ち止まって、甚太郎ののっぺり顔を見た。自分と同じことを甚太郎が考えていたからだった。

「おれもそのことが引っかかるのだ。そこで話をするか……」

菊之助は昌平河岸そばの茶店の縁台に腰をおろした。

まだ梅雨は明けていないが、初夏の陽気で、たっぷり水を吸った木々の葉は日ごとに色を濃くし、日の光に輝いている。

「その謎の女だが、このあたりではあまり見かけない女だと、あの女房は言ったな」

「へえ、たしかに」

「化粧が濃く、いい着物を着ていたと……四十過ぎだったとも……」

「……そうです」

菊之助は河岸地で働く人足に目を凝らした。色あせた腹掛けに股引、素足だ。剝き出しの肌は赤銅色に焼けている。

「……聞き込みによると、お町はあまり近所付き合いがなかった。つまり、この町に親しくしている者は少なかった」

「へえ、どうもそのようです」

「だが、お町を知っている者がいなければならない。それも女だ。この町の女でないとすれば……」

「お町の妹は死んでおります。仲のよかったお君のことも考えましたが、あの女房はまだ若いし、高直な着物を持っているとは思えません」

「……すると」

菊之助は遠くの空を見た。

「しかし、なんでお町は殺されなきゃならなかったんでしょうね」

甚太郎はそう言って、ずるっと茶をすすった。

「亥ノ吉がお町を殺したのならわかります。金を盗んだんですからね。いや、そうじゃなく、盗んだのは……」

菊之助は、はっと顔を戻した。

「甚太郎、それだ」

菊之助の頭のなかで、何かがはじけた。

「甚太郎、大番屋に行って秀蔵に会ってくれ」

「旦那にですか……」

「そうだ。亥ノ吉は金を何かに入れていたはずだ。壺か箱かわからぬが、それを聞いてこい。もし、秀蔵が動けるようだったら、連れてくるんだ」

「どこへです？」

「深川仲町の小島屋だ」

菊之助が目を輝かせると、甚太郎がもしやと、つぶやいた。菊之助はそれに応じるように、強くうなずいた。

五

「おまえは他の者を急ぎ呼び集め、昌平河岸で舟を仕立てて待っているんだ。そこで落ち合おう」

次郎を見つけた菊之助はそういいつけると、くるっと背を向けた。

「菊さん、どういうことです？」

「いいから、みんなを集めろ」

菊之助はそのままおせんの店に急いだ。自分の勘が外れているか、あたっているか、それはひとつの賭けであったが、菊之助にはある程度の自信があった。

「これはまた、旦那」

再び店を訪れた菊之助に、おせんはにこやかな顔を向けてきた。

「おせん、おまえさんが見たという女だが、会えばわかるか？」

「お町さんと会っていた女の人ですね。ええ、会えばわかると思いますよ」

「それじゃ、いっしょについて来てくれ」

「え、どこへです？」

「下手人を捜すのだ。ちょいと手伝ってもらう」

「ええ、わたしがですか。そんなことできるんでございますか？」

そう言うおせんは興味津々の顔で、早くも尻を浮かしている。

「おまえさんの力がいるのだ。頼まれてくれ」

「そ、そりゃ旦那が、そうおっしゃるなら……」

おせんは奥にいる亭主に声をかけて、留守番をまかせた。

菊之助はおせんをともなって昌平河岸に向かった。その間、おせんはやや興奮気味にしゃべりつづけていたが、菊之助はほとんどを聞き流し、犯行の筋立てを推量しつづけていた。

「旦那、それでどこに行くんですか？」

勝手にしゃべりつづけていたおせんが、昌平河岸についてそう聞いた。

「深川だ」

そう応じた菊之助は、一艘の猪牙舟を仕立てた。間もなく次郎が、寛二郎と五郎七を連れてやって来た。

「おれは途中で壱船に寄って行く。おまえたちは先に小島屋に行って、女将の多津の見張りをしておいてくれ」

「どういうことです？」

　寛二郎が要領を得ない顔で聞いてくる。

「話はあとだ。さあ、行くぞ」

　菊之助は船頭に舟を出すように言った。

　遅れて、次郎たちの仕立てた舟があとを追ってきたが、神田川から大川に入り、両国橋をくぐり抜けた先で二手に分かれた。

　次郎たちの舟はそのまま川を下り、菊之助の舟は竪川に入った。

　おせんは舟に乗っても、大川下りは久しぶりだ、梅雨が明ければ大川端の花火が楽しみだなどと、愚にもつかないことをしゃべりつづけていた。

「おせん、しばらく黙っていてくれ、いまは大事なときで、あれこれ考えることがあるのだ。おまえさんのおしゃべりに付き合うのはあとだ」

　ぴしゃりと言われたおせんは、急に黙り込んだ。

　菊之助は六間堀に架かる松井橋のそばで、舟をいったん船着場につけさせた。そのままおせんを待たせ、船宿〈壱船〉を訪ねた。

　会いたかった船頭の半次郎は、暇そうに煙管を吸っていた。菊之助の顔を見ると、おや、と言って顔を向けてきた。

「いきなりだが半次郎、おまえは小島屋の亥ノ吉には重宝されていたようだが、女将の多津を乗せたことはないか？」

「小島屋の女将さんをですか……いいえ、それは一度もありませんで……なにか？」

「いや、それならよい。邪魔をした」

そのまま店を出る菊之助に、半次郎はあっけにとられた顔をしていた。

船着場に戻ると、そのまま深川に舟を向けさせた。

雨のせいで堀川の水は水量を増していたが、濁りはなかった。船頭は器用に棹を操り、舟を気持ちよく滑らせる。

小島屋の近くにはいくつかの船宿がある。もし、多津が舟を使っているなら、それらの船宿に聞き込みをすれば、何かわかるはずだ。ついたら、それを次郎にたしかめさせようと考えた。

「船頭、そこでよい」

菊之助は舟を十五間川に面した永代寺門前山本町の岸辺につけさせ、先に舟を降り、ころころ太っているおせんに手を貸して岸に引っ張り上げた。

「おせん、余計なことはしゃべるな」

　菊之助は歩き出してすぐ、もう一度釘を刺した。おせんはひょいと首をすくめる。

　小島屋に近づくと、次郎がそばの路地から声をかけてきた。

「動きはないか？」

「店はこの時分だから客の出入りもありません。多津の姿も見えませんが……」

　菊之助は小島屋に目を注いだ。

　昼前の岡場所は静かである。この土地がにぎわうのは、夜だ。もっとも、昼間も女郎屋は営業しており、安い昼時を狙って女を買いに来る男もいるが、それまでにはまだ間がある。女郎も多津も休んでいるのだろう。

　視線を戻した菊之助は、次郎たちを見た。

「寛二郎、五郎七、この近くにある船宿をあたり、多津が十日前前後に舟を利用していなかったかどうか聞いてきてくれ」

「へい」

　五郎七が答えた。

「次郎、おまえは多津の家を見てきてくれ。多津は家に帰っているかもしれぬ。もし、そうだったらすぐに呼びに来てくれ」

「菊さんはどこに?」

「その先の煙草屋にいよう」

煙草屋から小島屋の玄関はよく見ることができた。

「それじゃ早速……」

寛二郎が駆けていくのに、五郎七と次郎もあとを追うようにそれぞれに散っていった。

永代寺の鐘が昼四つ（午前十時）を知らせたのは、それから間もなくのことだった。

六

「旦那、ひょっとしてその女郎屋の多津って女将が下手人ってことですか?」

おせんが低声（こごえ）で聞いてきた。

菊之助とおせんは、煙草屋の縁台に腰掛けているのだった。葦簀が立てかけてあり、二人はその陰に身を隠していた。

「まだわからぬが、それをおまえさんがたしかめるのだ。大役だぞ」

　そう言うと、おせんは顔に喜色を浮かべ、

「ひょっとすると、わたしが手柄を立てるってことですか？」

　と、聞く。

「そういうことだ。顔を見たら必死に思い出すのだ」

「顔を見ればすぐにわかりますよ」

　菊之助は自信ありげに言う、おせんの記憶力に期待した。

　しばらくして、次郎が戻ってきた。家には誰もいないと言う。つまり、多津は店にいるということだ。

「でも、菊さん、なぜ多津を……？」

　菊之助は次郎の疑問に、おせんから聞いた話をしてやった。

「お町を殺した下手人の目当ては、おそらく金だ。その金は亥ノ吉のものだ。亥ノ吉は信濃を殺したとき、金を持って逃げなければならなかった。だが、店のことがあるので、すぐに江戸を離れるわけにいかない。そこで、お町の家に金を隠した。ところが、お町と共にその金が消えてしまった。当然、亥ノ吉はお町が金を持ち逃げしたと思い込んだ。だから、やつは身の危険を顧(かえり)みずお町捜しをやっていたのだ」

「それじゃ、お町殺しの下手人は亥ノ吉が金を隠したことを知っていたってことですね。そして、それが多津ということですか……？」

「おおむねそうだろう。だが、亥ノ吉はお町のことは何も多津には教えていなかった。ところが、多津は自分の雇い主のことをちゃんと知っていた。おそらくそのはずだ。前からお町のことも知っていただろうし、亥ノ吉がどんな人と関わっているか、それも知っていたはずだ」

「なるほど、そういうことでしたら辻褄が合いますね」

「だが、まだそうだと決めつけるわけにいかぬ」

菊之助は小島屋に目を注いだ。掛けられた暖簾がゆるやかな風に揺れていた。紙売りの行商が気だるそうな顔でその前を通り過ぎていった。

それからしばらくして、舟宿をあたっていた寛二郎と五郎七が戻ってきた。

「どうだった？」

菊之助の問いかけに、五郎七は首を横に振ったが、

「多津は蓬萊橋際の船宿を使っております」

と、寛二郎が答えた。蓬萊橋は大島川に架かる橋だ。橋を渡ったところには岡場所がある。

「花魁の信濃が亥ノ吉に殺された翌日か、そのまた翌日かよくわかりませんが、舟を仕立てておりました」

「多津はそのときどこへ行った？」

菊之助は真剣な眼差しを寛二郎に向けた。

「船頭が言うには、昌平河岸だったそうで……何でもいい薬を買いに行くとか言っていたそうです」

「薬研堀……」

菊之助は雀たちのさえずる町屋の屋根を眺めた。多津は途中まで舟を使い、あとは歩いてお町を訪ねたのではないだろうか……。昌平河岸から湯島まではほどない距離だ。

菊之助が勝手な推測をめぐらしていると、

「旦那」

と、寛二郎が菊之助の肩を突いた。小島屋から多津が出てきたのだ。ちょいと髪をさわって空を眺め、それから歩き出した。

「おせん、よく見るんだ」

菊之助はおせんに注意を促した。みんな葦簀の陰に身を寄せるようにして隠れた。多津はこっちに歩いてくる。寝不足なのか、化粧もほとんど落ちており、顔色が悪く見えた。

やがて、多津が目の前を通りすぎた。

「……どうだ？」

菊之助はおせんを見た。おせんは息を殺したような顔で、多津を見送り、ゆっくり菊之助に顔を向けた。

「あの女です。この目に狂いはありませんよ」

「たしかだな」

「天地がひっくり返っても、あの女です」

おせんは確信を持った顔でそう答えた。

それを聞くなり、菊之助は卒然と立ち上がった。

「次郎、おまえはここに残って甚太郎を待て。やつが来たらすぐに、多津の家に来るんだ」

「わかりました」

「旦那、わたしはどうすれば……」

おせんが心許（こころもと）ない顔を向けてきた。

「世話になった。もう店に帰っていい。あとで御番所から褒美が出るだろう。歩くのは難儀だ、舟を使え」

菊之助は余分に心付けを渡して、おせんを帰した。

多津の家は油堀に面した深川一色町(いっしきちょう)の長屋の奥にあった。長屋だが二階建ての家で、日当たりもよい。多津が家に入ったのを見届けた菊之助たちは、そばの井戸端で秀蔵のもとに走った甚太郎を待った。

太陽は中天(ちゅうてん)に昇り詰めようとしている。長屋の広場で子供たちがとんぼを追いかけて、はしゃぎ声を上げていた。

次郎と甚太郎がやってきたのは、多津が自宅に引っ込んでから小半刻ほどたったときだった。来たのは二人だけでなく、秀蔵の姿もあった。

「調べはいいのか？」

菊之助が聞くのに、

「大方終わった。多津のことを聞いたが、どうなのだ？」

と、秀蔵が少々疲れ気味の顔を向けてきた。

「それより、亥ノ吉の隠した金の件はどうなのだ？」

「金は小振りの葛籠に入れていたらしい。三百五十両という大金だ」

「三百五十両……」

菊之助は金額に驚いて、言葉を足した。

「もし、その葛籠が多津の家にあれば、もう言い逃れはできぬだろう」

「うむ。こうなったからには押し入る」

秀蔵は懐から取り出した襷を肩にまわして、目を厳しくした。

七

前触れもなく突然入ってきた秀蔵らに、多津はすっかり怖じ気づき、尻餅をついていた。

「多津、何もなければさっさと引きあげる。おとなしくしていることだ」

秀蔵はにらみつけるように言うと、みんなに家探しをはじめさせた。

秀蔵の迫力に気圧されていた多津だが、どうにか気を取りなおすと、化粧を落とした青白い顔を朱に染めて、

「町方だからって、勝手に人の家を荒らしまわっていいのかい！」

と、目くじらを立てたが、みんなは取りあわなかった。家探しは二階と一階に分かれて行われていたが、多津は二階には関心を示さなかった。

菊之助はおそらく一階のどこかに、金は隠してあると踏んだ。案の定だった。五郎七が茶簞笥の下の畳を剝ぐと、多津がおおいに慌てた。

「静かにしろ！」

秀蔵に一喝された多津は、また尻餅をついた。それからはもうあきらめ顔で、おろおろしているだけだった。

五郎七の剝いだ畳の下には、床板が張ってあるが、その数枚には埃がたまっていない。板を剝がすと、床下に風呂敷包みがあった。上げろ、という秀蔵の指示で、その風呂敷が居間に上げられた。

一度息を吸ってから、秀蔵が風呂敷をほどいた。包まれていたのは、一尺四方の漆塗りの葛籠だった。蓋には家紋が入っていた。

「亥ノ吉の言った井桁紋だ」

家紋は名字帯刀の許されない百姓や町人も用いることができたので、亥ノ吉が家紋を使っていたとしてもおかしくはない。

秀蔵のつぶやきに、早くも多津はふるえだしていた。葛籠の蓋が開けられると、丁寧に紙帯で巻かれた小判が現れた。

「多津、おまえ、この金をどうやって手に入れた？」

秀蔵の問いに、多津はぶるぶると首をふるわせるだけだった。

「まあ、ここで話さなくてもいい。近くの番屋までいっしょに行ってもらうぜ」

緑橋（みどり）に近い自身番に押し入れられた多津は、菊之助の知っている強気な女ではなかった。観念したこともあろうが、秀蔵の堂に入った調べに恐れをなしたのか、拍子抜けするほどあっさりと自分の犯行を認めていった。

多津は菊之助が推測したように、亥ノ吉のことを昔から調べつくしており、どこの家にどんな女を囲っていたかをちゃんと知っていたのである。お町との付き合いも半年以上前に突き止めており、湯島の家のことも知っていた。

ただ、亥ノ吉が花魁・信濃を殺さなかったら、ただそれだけのことだった。しかし、亥ノ吉が殺しをしたことによって、多津の心に欲が出た。おそらく亥ノ吉は有り金を持って逃げるはずだと踏んだのだ。思ったとおり、亥ノ吉は自宅から行方をくらました。

だが、多津には亥ノ吉がお町の家に逃げたのがわかっていた。そこで、お町を口説き、亥ノ吉の隠した金を探させた。お町にはその時間が十分にあったし、亥ノ吉はまさかその金が盗まれるとは思っていなかったはずだ。

　そして、お町は亥ノ吉の隠した金を探しあてた。このとき多津は、亥ノ吉の命を狙っている吉原の連中に、湯島の家のことを密告したのだった。亥ノ吉はお町の家に近づくのを避けている。多津は時期を見計らって、お町を訪ね、亥ノ吉の金を手にしたが、もとより分け前をやるつもりはなかった。

　そこで背後からお町の首に腰紐をまわして絞め殺し、床下に蹴落としたのだ。あとは何食わぬ顔で、普段どおりに小島屋の仕事をつづけていたのだった。

「誰が悪いのかといえば、そもそもは亥ノ吉だ。お町を殺したのは考えもんだが、素直に白状すりゃ目こぼしがあるかもしれねえ。そう言ってやると、あとは油紙に火がついたようにすらすらと話しやがった。欲をかくとろくなことはねえとは、多津がことだ。ともかく詳しい調べはこれからだ」

　一通りの調べを終えた秀蔵は、菊之助たちの待つ自身番の表に出てきて、多津から聞き取ったことを簡略に話し、

「ああ、それにしても疲れたぜ」

　と、両腕を広げて日の傾きはじめた空をあおぎ見た。

「疲れたのはおまえだけじゃない」

菊之助が苦言を呈すると、秀蔵はいつになく素直な男になった。

「いや、わかってる。失言だ。おまえにも、それからおまえたちにもこの度はよくよく世話になった。あらためて礼はするが、大番屋までもう少し付き合ってくれ」

秀蔵は菊之助以下の者たちを眺めて、そう言った。

「悪いが、おれは付き合えない」

菊之助が言うのに、秀蔵が顔を向けてきた。

「うむ、おまえはここまででいい。何だかおまえには近ごろ頭が上がらなくなった」

「そのわりには態度がでかすぎる」

「減らず口がなおりゃ、いい男なのに……」

「そっくり、いまの言葉おまえに返してやる」

菊之助が言うと、まわりにいたみんなが笑いを漏らした。

それから間もなくして、縄を打たれた多津は大番屋に引き立てられていった。

まだ、日の暮れまでには間があった。家路を急ぐ菊之助は、お志津たちのことが気になっていた。

八

「菊さん、お金はちゃんとありましたよ」

菊之助が自宅に帰るなり、お志津が飛んできてそう告げた。

居間にいるみどりとお松が、運んできた金の入った壺を前にしていた。

「お松さん、盗んだのはこれだけだな」

「はい、この他にはございません」

「いいだろう。お志津、風呂敷をくれ」

「どうするんです？」

「返しに行くんだ」

「返しにって、田村屋に行くのですか？」

「そうじゃない、お松さんの家にだ。それから、二人はまだこの家にいたほうがいい」

菊之助はお松とみどりを見てそう言った。

「ええ、もう何でもおおせにしたがいます」

お松が恐縮の体で答えた。

風呂敷に包んだ金壺を抱えた菊之助は、夕暮れた道を歩いた。町屋は西日に包まれており、雲は沈みゆく太陽に染められていた。

壺のなかには小判や一分金や銀が雑多に入っていた。お松は数えてはいないが、百両ぐらいだと言った。おそらくその程度の金額だと思われた。

行徳河岸を過ぎお松の家に近づくと、周囲に目を配り、田村屋金兵衛がよこした人間がいないかを警戒したが、あやしげな人物は見あたらなかった。

昨夜同様に裏口から家に入り、風呂敷をほどいた壺を茶簞笥の横に置いて、そのまま引き返した。

帰りは自然と足が速くなった。夕暮れの道には、帰りを急ぐ職人や侍の姿が見られた。夕日に染められた日本橋（にほんばし）川を下る舟も、空荷が多い。

「菊さん、ちょっとちょっと……」

自宅長屋の路地に入るなり、お志津が小走りでやって来た。

「何かあったか？」

「それがいま表で耳にしたんですけど、みどりさんの長屋に風体のよくない浪人がうろついているらしいんですよ」

おそらく田村屋の差し金だろう。

「相手は何人だ？」

「二人だと聞きました」

菊之助は顎をさすってから、お志津を見た。

「やはり、一芝居打つしかないようだ」

「どうするんです？」

「耳を貸せ」

菊之助は自分の考えを短く話した。

お志津は真剣な目で、何度もうなずきながら聞いていた。

「……できるか？」

「ええ、やってみます」

お志津は少し緊張の面持ちで応じた。

二人はそのまま、源助店を出ると勘右衛門店に向かった。夕闇が濃くなりはじめており、通りには行灯や提灯の明かりが見られた。二人は薄暗い路地を抜けて、みどりの家に向かった。先をお志津が歩き、菊之助がしたがう恰好だ。

みどりの家の戸口に立ったとき、どこからともなく二人の浪人が現れ、声をかけてきた。

「おい、その家に何の用がある？」

ゆっくり振り返った菊之助は、ちらっとお志津を見た。

「何の用がある？　無礼な方たちですね」

と、お志津は毅然（きぜん）と応じる。

「なんだと……」

ひとりが体を斜に構え、刀の柄に手をかけた。

瞬間、菊之助も刀に反りを打った。

「わたしは、この家を間借りしているみどりのことで用があるんです。ひょっとしてお侍さんも借金取りですか？」

二人の浪人は互いの顔を見合わせた。

「話でしたら、なかで聞きましょう」

戸締まりはしてなかったので、お志津はそのまま家のなかに入り、燭台に火をつけた。菊之助は二人の浪人を警戒しながら、お志津のそばに控えた。

「それで、どんなご用件でしょう？」

お志津は凜々しい顔で、落ち着いた物言いをする。

そばにいる菊之助は、内心舌を巻いた。

「どんな用件……おれたちゃ、そのみどりって女の姉に用があるんだ」

そう言うのは、目つきの悪いずんぐりした浪人だ。

「ああ、お松という姉さんのことね。それだったら、いないわよ」

「いない？　どういうことだ？」

「お松という姉は二、三日前に訪ねて来たそうよ。だけど、みどりはわたしにしこたま金を借りておりましてね。その催促に来たら、一昨日の晩に姉妹揃って夜逃げしたというじゃありませんか。まったく開いた口が塞がらないとはこのことです。しかたなく、わたしは家財道具でも売り飛ばそうと思ってね。今夜はその勘定に来たんです」

二人の浪人は目を丸くしたり、まばたきをしたりした。

「おい、嘘を言ってるんじゃねえだろうな」

「嘘だと思うなら、ずっとこの家を見張っていればいいんです」

そう言い捨てたお志津は、居間に上がり込んで、茶箪笥はいくら、金目の着物はあるかしらなどと、見事な演技をする。

二人の浪人はぼそぼそと言葉を交わすと、何も言わずにそのまま出て行った。

菊之助は表に出て、浪人の姿がすっかり消えたのをたしかめてから家のなかに戻った。

「お志津、もういいぞ」

そう言ってやると、お志津は腰が抜けたように、その場にへなへなと座り込んでしまった。

「もう、心の臓がドキドキして、どうなるかと思っていたんですよ」

お志津は胸に手をあて、大きなため息をついた。

「それじゃ、どうすればいいんでしょう？」

菊之助からお志津が一芝居打った話を聞いたお松は、みどりを見た。

「田村屋も金が元に戻ったことを知れば、溜飲（りゅういん）を下げるだろう。だが、油断はできない。家にはもう帰らないほうがいいだろうし、みどりさんも江戸を離れたほうがいい」

「やはり、そうすべきでしょうか……」

みどりはあきらめきれない、悩ましげな顔をした。

「これを機会に、新たにやりなおすのも悪くないはずだ。江戸に未練もあろうが、それより気兼ねなく暮らせる日々を手に入れることは大切だと思うけどな」

「わたしも菊さんの言うとおりだと思います。入り用なものはわたしが取ってきますから、遠慮なく言ってください」

みどりとお松はしばらく考えていたが、ようやく決心がついたらしく、

「わかりました。そうすることにします。でも、荷物はわたしが取りに行きます」

そう言うみどりをお志津が遮った。

「いいえ、また変な浪人が来ていないともかぎりません。荷物はわたしにおまかせください。いまは二人のことがあの浪人に知られないことが大事なのですから……ね」

お志津は、みどりとお松を包み込むようなやさしげな笑みを浮かべた。

翌朝、脚絆に草鞋という旅姿になったみどりとお松は、東雲(しののめ)に朝日が昇る前に源助店を出た。二人とも長旅になることを考え、極力荷物を少なくしていた。

ここでいい、もうここでいいという二人の遠慮を無視して、菊之助とお志津は

江戸橋まで二人を送ってきた。

ちょうど朝日が雲間から姿を現し、日本橋川に光の帯が走った。空はきれいな朝焼けで、恰好の旅日和になりそうだった。

「それじゃ、二人ともお気をつけて……」

お志津が心なし淋しげな顔で言うと、みどりもお松も泣きそうな顔をした。

「晴れの旅立ちに涙は禁物ですよ」

お志津はそう言って、きりっと表情を引き締め、二人に近づき、袂に入れていたものを取り出して、お松にしっかりつかませた。

「いいから持っていって」

「でも……」

言い淀むお松に、お志津は首を振って言葉を足した。

「黙ってしまっておけばいいのよ」

「申しわけありません。本当にお世話になりました」

お松が腰を折れば、みどりも深々と頭を下げた。

「落ち着いたら手紙をもらえるかな」

菊之助がにこやかに言うと、

「もちろんでございます」

と、みどりが元気よく答えた。

「うむ。それじゃ、二人とも達者で」

「はい、お志津さんも荒金さんも……」

みどりはそう言って破顔したが、途中から泣き顔になった。

「お元気でね」

二人に応じたお志津も、泣き声になっていた。

橋の途中で立ち止まったまま菊之助とお志津は、二人を見送った。みどりとお松は何度も振り返って辞儀をしたが、そのうち姿が見えなくなった。

「菊さん、きれいな朝焼けですね」

しみじみとお志津が東のほうを見て言った。

紫紺色の空を背景にして浮かぶ雲は、黄金色や緋色に染められ、雲間から散じる光の筋が放射状に伸びていた。

「小田原に行くと言っていたな」

菊之助は空を見ながらつぶやいた。

「ええ、そう言ってましたね。昨夜、みどりさんは、明日は女の道行きを楽しむんだと、そんなことも言ってました」

「……女の道行きか。なるほど。……ともかく、幸せになれればいいな」

「……きっとなりますよ」

「……そうだな。さ、帰ろうか」

「わたしたちも長屋まで道行きです」

そう言ったお志津は、ひょいと肩をすくめて笑った。

「さっき、お松さんに渡したのは、餞別(せんべつ)か？」

「ええ。……二十両ほどですけど」

「二十両……！」

菊之助は足を止めて、お志津を振り返った。

「そんな大金をどうした？　うちには……」

「昨日、田村屋の壺から拝借したんです」

「どうして、そんなことを……」

お志津は菊之助を遮って平然と言う。

「これまでお松さんの受けた仕打ちを考えれば、手切れの金としては安いはずです。でも、わたしもそれ以上はさすがに気が引けて……」

「あきれたもんだ」

「あら、いけませんでしたか？」

お志津は急に心配顔になった。

菊之助は心底あきれたように首を振りながら歩き出した。

「ねえ、菊さん、怒ってるんですか？　ねえ、菊さんたら……」

「怒っちゃいないい。怒っちゃいないが……」

「怒っちゃいないが、何ですの？　ねえ、菊さん」

朝日に包まれた二人の姿は、徐々に江戸橋の向こうに消えていった。

二〇〇八年十二月　光文社文庫刊

光文社文庫

長編時代小説
江戸橋慕情　研ぎ師人情始末(九)　決定版
著者　稲葉稔

2021年2月20日　初版1刷発行

発行者　鈴木広和
印刷　堀内印刷
製本　フォーネット社

発行所　株式会社　光文社
〒112-8011　東京都文京区音羽1-16-6
電話　(03)5395-8149　編集部
8116　書籍販売部
8125　業務部

落丁本・乱丁本は業務部にご連絡くだされば、お取替えいたします。
ISBN978-4-334-79158-2　Printed in Japan

組版　萩原印刷